# LA MANCHE

MAX DE PAZ

# LA MANCHE

roman

nrf

GALLIMARD

*À Gilou, emporté par le froid*
*le 14 février 2023*
*sur la place Flora-Tristan, à Paris*

C'est cela, l'enfer : une grande salle vide, et nous qui n'en pouvons plus d'être debout, et il y a un robinet qui goutte avec de l'eau qu'on ne peut pas boire [...]. Comment penser ?

PRIMO LEVI

Le chauffage a bien fait l'affaire, cette nuit, puisque j'ai pas eu froid. En fait, le chauffage fait toujours l'affaire car il ne peut pas s'éteindre. Parfois j'aimerais bien « baisser le chauffage » comme disent les gens d'en haut, mais pas possible car vous allez rire mais mon chauffage c'est la bouche d'aération du métro. Ça pue un mélange de moteur et de renfermé et le vieux Philippe me répète que c'est dégueulasse et pollué mais je préfère ça que rester réveillé à cause du froid. Lui se contente de son sac de couchage et dit qu'on est déjà assez sales comme ça pour en rajouter. Il exagère, je suis pas si sale : je peux tenir un bon rythme de douches grâce aux cabines municipales et aux associations. Quand c'est compliqué il y a même les robinets des toilettes publiques et je peux vous dire que c'est un vrai bonheur de se rincer là-bas quand c'est libre. C'est surtout bon pour l'intimité. Je reparlerai de l'intimité parce que c'est un sujet quand on vit dans la rue.

Je sais pas si c'est de la bravoure ou du désespoir mais Philippe n'appelle plus le cent-quinze depuis plusieurs mois. Il dit qu'il est vieux maintenant et qu'il a plus la force d'attendre un camion lumineux qui ne viendra sûrement jamais, tout ça pour une ou deux nuits sous un toit. Il dit que l'espoir est la pire des raclures pour les gens comme nous. « Le confort éphémère c'est vicieux ! qu'il répète. On s'y habitue puis le retour est d'enfer. » Et c'est vrai que la peau devient moins sensible au froid avec l'habitude, donc il vaut mieux s'endurcir. Moi le cent-quinze je l'appelle toujours car je suis pas d'accord avec Philippe sur l'espoir. Sans espoir je dormirais pas. Lui s'en fout.

Philippe me fait rire avec sa mine grise et son pull orange. À le regarder, il y a quelque chose qui cloche et ça fait drôle… On voit bien qu'il a jamais voulu porter cette merde orange et c'est les associations qui l'ont « retapé » comme il dit, dans le but qu'il présente bien. Comment ça « retaper » ? Dis pas ça, Philippe, parle pas comme ça : t'es pas un putain d'immeuble et personne te retape ! Parfois pour m'amuser je l'imagine au supermarché en train d'essayer son pull orange devant le miroir, faire des tours sur lui-même en se reluquant le derrière et ça me fait marrer même si ça s'est pas passé comme ça. Un jour des hommes en rouge lui ont juré que ce pull orange lui allait comme un gant, alors il a enfilé le pull et puis c'est tout. Ensuite il s'est barré avec en plus un pantalon en toile pas troué du tout et des chaussures un peu blanches qui pourraient passer pour des chaussures à la mode, vues de loin. Elle sonne faux, la tenue de Philippe, elle est bizarre et pas belle. Mais dans mes rêves le vieux est rempli de fierté, et c'est joli à voir comme il se prend pour un sou neuf.

Il est fort, Philippe, et parfois je l'envie. Ça fait trois ans qu'il occupe la bouche d'aération de la place du Panthéon, côté mairie. Alors il n'a sûrement plus l'espoir, Philippe, mais il a les livres et je crois que c'est la chose la plus précieuse tellement j'ai jamais vu un clochard aussi vaillant que ce vieux-là. Et ce qui est très fort c'est que tous les bourgeois l'aiment beaucoup. Chaque fois que je passe dans le coin je le croise en train de causer avec une grande dame très concentrée et pleine d'admiration. Les clochards qui lisent, ça fait toujours bander les riches car c'est poétique vous comprenez. Ça donne une image très belle de la misère et y a des copains qui disent que c'est une bonne chose pour que les gens nous tolèrent. Mais moi ça m'énerve car Moussa le Noir de la rue de l'Estrapade n'a pas autant de succès par exemple alors qu'il est juste à côté, et je vois que ça le préoccupe. Il essaie de sourire aux passants et d'être toujours plus poli que poli mais ça prend pas comme il est noir et qu'il lit pas. C'est fou comme les gens choisissent leurs pauvres.

J'en veux pas à Philippe d'être le chouchou des riches parce qu'il est très lucide sur l'hypocrisie. Il lit pas du tout pour leur plaire, il me l'a bien dit et de toute façon je le vois car il ne lève jamais la tête de son livre. Ce qui est marrant c'est qu'il y a pas un passant pour remarquer que Philippe ne lit pas vraiment mais qu'il relit. Eh oui, c'est cher les livres… Et nous le « pass culture », on l'a pas. Donc Philippe fait que relire en boucle, sauf quand quelqu'un lui offre un nouveau livre ou qu'il en trouve un dans la rue. Car il existe quelques lecteurs infidèles, comme il les appelle, qui abandonnent gratuitement leurs bouquins encombrants sur un banc ou sur une rampe. Je l'entends souvent pester contre ces imbéciles mais il finit toujours par glisser le livre dans son sac avec un petit sourire. Le gros sac de Philippe est plein de gros pavés qu'il a lus au moins trois fois et qu'il connaît par cœur. Il faudra se mettre d'accord sur la définition d'encombrer car parfois j'ai l'impression que Philippe lit pour se bourrer le crâne, justement, et oublier la rue. Donc finalement peut-être que les livres sont encombrants et que c'est pour ça qu'il les lit. Je lui en parlerai.

Parfois Philippe s'amuse à piéger les cuistres en flagrant

délit de culture ostentatoire comme il dit, et c'est nos plus grands fous rires. Je me souviens de son développement loufoque sur l'engagement socialiste de Céline, sans que son interlocuteur ne décroche un mot. « J'ai aimé le grand humanisme de *Voyage au bout de la nuit* et l'ode à la tolérance de *Bagatelles pour un massacre* ! » affirmait Philippe avec conviction. Et l'homme qui se disait « grand amateur de Céline » approuvait bêtement. Moi je connaissais pas grand-chose à Céline mais quand la discussion s'arrêtait et que Philippe m'expliquait en quoi c'étaient des bêtises on riait beaucoup. Quand Philippe dit des âneries volontaires à un passant et que celui-là acquiesce on sait jamais si c'est par tact de ne pas contredire un pauvre ou si c'est de l'ignorance. Mais dans les deux cas ça nous redonne de la force car il y a vraiment plus pathétique que nous.

Philippe s'est fait une bonne culture, grâce à l'ennui. Il dit même que sans la rue, il aurait jamais mis le nez dans un livre qui ne soit pas un livre de cuisine. Il a lu tout Camus et plusieurs fois, mais il peut pas s'en vanter car entre nous personne ne s'y connaît trop. Donc il parle souvent dans le vide, le vieux Philippe… Moi j'ai lu *L'homme révolté* quand j'étais jeune et on a pu en discuter une fois pour lui faire plaisir mais l'échange s'est vite arrêté à propos de la révolte parce que « l'homme qui dit non » c'est pas trop nous, même si j'aimerais bien dire « non » parfois, « non » à cet air dégueulasse qui vient du sous-sol et qui file la gerbe ou à la bonne femme du cent-quinze à qui je donne mille fois une adresse et qui me laisse crever dehors sans envoyer son foutu camion. « Je fais au mieux mais ils sont surchargés ! » qu'elle répète. Elle ajoute que c'est pas sa faute et le pire c'est que je sais… Alors je veux bien me révolter moi mais il faudra me dire contre qui parce que j'ai jamais trouvé. On se révolte toujours contre le responsable et moi le responsable je le connais pas. La révolte, c'est pas pour les clochards. J'aime pas Camus.

Pour la révolte, il y a quand même les Roms de la rue Cujas qui sont très durs avec les passants mais tant mieux. Pour eux il n'y a jamais de Samu social ou de centre d'hébergement parce qu'ils sont pas prioritaires. Et comme on les traque en permanence sur leurs activités, ils se méfient de toute forme de légalité et même des associations. « Moi, les bénévoles de la Croix-Rouge j'y crois pas, y a forcément un flic derrière chacun. Donc qu'ils causent tout seuls ou avec les clochards français parce que moi j'ai pas besoin d'eux ! » dit mon ami Tamás. Les Roms me font penser aux Juifs parfois car ils sont nulle part vraiment chez eux et ça les rend paranoïaques mais je les comprends. Ils sont détestés, les Roms, mais je peux vous dire qu'ils sont coriaces ! Les passants les craignent car ce sont des Roms et que s'il y a la moindre embrouille ils ramènent leurs autres copains Roms et là ça rigole plus du tout. Faut les voir en train de faire la manche sur les terrasses à tables blanches sans que personne dise rien. « Lâche une pièce ! » qu'ils lancent à n'importe qui. Moi j'oserais jamais être aussi impoli avec des gens importants et encore moins sur l'espace public car la dernière chose que je veux c'est finir au poste. Y a rien d'illégal à mendier dans la rue mais un flic ça s'énerve vite, surtout contre un Rom. Ils sont fous, ces Roms... Mais on peut dire qu'ils sauvent un peu l'honneur des mendiants parce que tout le monde les respecte. Quand un bourgeois me donne une pièce, c'est par pitié. Quand il donne à Tamás, c'est qu'il a peur.

— Je peux plus me les voir, ces gros radins ! me dit Tamás à voix haute après qu'on lui a refusé l'aumône.

C'est quand la tête du radin lui revient pas qu'il s'énerve.

— Baisse d'un ton, Tamás... Tout le monde t'entend.

— Ils peuvent m'entendre, je m'en fous ! Sérieux, c'est quoi deux euros pour lui ? Lâche un euro, merde ! Il faut faire quoi pour un euro ?

Quand Tamás s'énerve je dis rien, j'attends que ça passe même si tout le monde nous regarde et ça me met mal à l'aise. Avant j'essayais de le calmer : « Le mépris c'est la routine ici, donc va falloir que tu t'y habitues sinon tu vas en crever, Tamás. Je te le dis car tu es mon ami : tu vas pas tenir si tu te contiens pas. » Maintenant je ne dis plus rien car je l'ai prévenu et puis je me dis que chacun vit le mépris comme il veut. Il a le sang chaud, Tamás, un vrai Gitan ! Moi aussi je voudrais m'énerver pour obtenir le respect mais c'est pas ma faute si la colère vient pas !

Tamás est jeune comme moi donc on discute plus facilement d'un tas de choses comme par exemple des contrariétés d'être un clochard à vingt ans. Je préfère dire les choses comme elles sont : on est des clochards et c'est comme ça, pas besoin de se cacher derrière des mots plus tendres comme « SDF » ou « sans-abri ». Avec Tamás on est les jeunes clochards de la rue Mouffetard, les deux pouilleux du quartier. C'est comme ça, il y a des choses qu'on va pas nier.

Tamás habite avec sa famille sur le trottoir de la rue Cujas, devant l'entrée arrière de la fac de droit. Ils sont plutôt bien, ici. Ils ont mis des matelas sur tout le passage, ce qui fait que plus personne ne passe sur ce côté de la rue. Malgré leur grande installation, il reste un espace pour circuler mais une dizaine de Roms qui sommeillent ça intimide toujours. C'est ce qui s'appelle... marquer son territoire ! Je les adore. Parfois je peux même m'asseoir sur le matelas de Tamás et on discute un peu. Ça fait du bien de poser mon cul sur du mou... Sa famille m'aime bien sauf son grand frère, le gros, qui est un énervé. Dès qu'il me voit sur le matelas il gueule à Tamás des choses en rom et je sens que c'est pas des compliments. Mais avec les saletés racistes qu'on entend partout sur les Roms, je préfère ne rien dire. Les professionnels de la saleté raciste c'est les petits prétentieux d'Henri-IV qui se pavanent autour et qui sont des vraies vaches avec les Roms. Donc il pourra dire ce qu'il veut le grand frère de Tamás mais je me prendrai jamais la tête avec lui. Si même entre clochards on commence à s'engueuler, alors on n'est vraiment pas rendus !

Pour les étudiants autour, c'est comme si on faisait partie

du paysage tellement c'est la coutume de même pas nous répondre. Vous imaginez comme ça rend fou Tamás qui s'amuse parfois à libérer sa colère contre un petit bourge qui lui revient pas. Une fois, une espèce de petit con de notre âge avec un duvet au-dessus de la bouche a fait l'erreur de même pas regarder Tamás pendant la manche. Alors pour jouer un peu et tester les réactions, Tamás est resté trois minutes entières le bras tendu comme s'il attendait la pièce. Et je peux vous dire que trois minutes c'est long. « Lâche une pièce ! » qu'il a hurlé à la fin des trois minutes. Tout le monde a sursauté puis on est partis car ça devenait menaçant comme la mairie n'est pas loin et que pour les Roms c'est le sursis permanent. On sait se divertir avec Tamás, et tout n'est pas gris dans nos journées.

Moi ça m'arrangerait bien de plus jamais quémander sur la place du Panthéon. Je dois gratter des pièces à des petits jeunes qui m'écrasent avec leur faux regard empathique, cette espèce de douceur assassine et ça fait mal comme un coup de poing dans le ventre. J'aimerais vraiment qu'on arrête de mendier là-bas mais pour Tamás c'est pas un problème tant qu'il empoche et je trouve ça fascinant. Voilà un autre avantage pour lui si on peut le dire comme ça : un Rom en train de quémander ça choque personne, alors que moi… moi c'est pas pareil.

— T'en fais pas… Ils s'habitueront à te voir ici, me dit Tamás.

— Mais qu'est-ce qu'ils ont tous à me regarder comme ça, avec leur pitié à deux balles ? Je peux plus supporter leur regard du Christ et leur petit sourire plein d'huile.

— Plein d'huile ?

— Ils dégoulinent de bons sentiments, quand ils me regardent. Et ça m'écœure. Je suis leur petit moment de tendresse, et c'est sûrement le pire : je les touche !

— C'est parce que t'es blanc comme eux…, me répond Tamás.

— Arrête, rien à voir avec la couleur.

Je ne sais pas pourquoi je nie ça devant Tamás. Peut-être que j'ai peur de le vexer parce qu'il est Rom ou quelque chose, mais je crois qu'il a raison : ils ont pitié car je suis comme eux. Dans la blancheur de ma peau, ces petits égoïstes voient la leur. J'ai la face abîmée qu'ils ont frôlée de peu en naissant. Mais les voilà tranquilles pour toujours, désormais. La place du Panthéon est leur assurance-vie ; ce n'est pour moi qu'un carré de béton, quatre trottoirs. La Contrescarpe est leur cantine ; c'est mon gagne-pain, mon gagne-petit-pain. Et les Roms sont leurs Roms, les bêtes de cirque qui les effraient pour leur changer les idées ; ce sont mes amis les plus chers. « Voilà une petite pièce pour vous ! » qu'ils disent tous, croyant décrocher leur place au paradis. J'en peux plus de la pitié. Moi je voudrais faire peur comme un Rom.

J'ai déjà raconté à Philippe les événements qui m'ont fait venir ici, à la rue, donc j'ai très peu l'envie de me répéter. Je déteste les confidences, ça me rappelle la fin du journal de vingt heures avec Lucien Delapierre, les dimanches soir, où les émotions ruissellent et ça me hérisse les poils cette façon de briser la pudeur. « La clef du succès, c'est le travail, et j'aurais jamais réussi sans mes proches », qu'ils baragouinent. Et « de ce traumatisme naquit mon œuvre » et « mon style c'est que je n'ai pas de style ». Ces banalités vous assomment, et vous pensez que l'explosion de narcissisme va finir par s'arrêter quand soudain le journaliste lance : « Vous êtes un hypersensible et cela se lit dans vos films : dis-je vrai ? » Et puis quoi encore ? Va jusqu'au bout : demande à ton invité d'ouvrir son thorax et de déposer son cœur sanglant sur la table ! Ce serait plus simple et tu l'aurais pour de bon, ton spectacle de sensibleries.

Elle est terrible, cette émission du dimanche où des artistes tourmentés pour un rien viennent dévoiler leurs entrailles à la gueule du monde : c'est un numéro pathétique, un cirque aux mauvais funambules ! Mais c'est un cirque dont raffolait mon grand frère, Jonas. Et je peux vous assurer que tous les dimanches à vingt heures pétantes, on était sur le divan. Et je serrais les dents car je savais qu'il aimait ce spectacle, lui qui, à partir de dix-neuf heures, s'était déjà perdu dans les vapeurs du vin rouge. Les pieuses mimiques du journaliste le rendaient à la fois sensible et ténébreux, d'une profondeur impeccable – il en avait, de l'esprit ! – et Jonas se laissait prendre dans le piège, emporté par tous les sentiments faciles. Il souriait bêtement devant les extraits des vieux films de ces acteurs en déclin qui ne cesseront jamais de se regarder le nombril, écoutait les chansons mal interprétées en fermant les yeux de bonheur, s'engouffrait dans l'intensité de ces moments qui – je le sais car j'étais sobre – n'avaient rien de touchant. C'était sûr : l'émission avait été conçue pour les ivrognes comme Jonas qui, dès vingt heures, ne distinguent plus l'*émouvant* du *coulant*.

Chaque soir, quand le soleil se couchait, Jonas faisait sa *mue*. Vers dix-neuf heures, il commençait le vin rouge, et buvait lentement, très lentement, pendant le repas. Car il faut camoufler l'addiction, lutter contre le rouge qui t'attire et t'envoûte, contre l'action inépuisable de la gorge qui veut continuer jusqu'à n'en plus finir alors que chaque œil de ton petit frère et de ta mère te regarde en se demandant si tu vas finir par ranger la bouteille, mais tu pourrais t'en enfiler trois autres, de bouteilles ! Alors tu proposes à ta mère de lui resservir un verre dans le seul but de te resservir toi-même dans la foulée mais elle est pas conne, ta mère, elle a cerné ton petit stratagème : elle décline et t'es fait comme un rat. Alors, foutu pour foutu, devant les regards inquiets, déçus, moqueurs, tu te ressers quand même, et il n'y a plus que toi qui bois.

T'as tout gâché, Jonas.

Dans la rue, il y a des jours où la survie je peux plus la voir en peinture. Alors je mets en pause les démarches pour trouver un travail, un toit et tout ce qui va avec comme la dignité. La dignité, c'était nous trois dans ce petit appartement d'Ivry, nous deux sur le canapé, maman qui rentrait vers vingt heures, au début du journal. Et même qu'on l'accueillait avec un bon plat de pâtes et c'était la contrepartie d'elle qui trime pendant qu'on joue. Quand la dignité s'est arrêtée soudainement, là c'étaient plus des blagues. Quelle drôle de claque tu prends quand tu deviens la grosse bête qui ronfle au milieu des salons de tes potes, tout crispé sur un clic-clac qui grince : t'oses pas bouger, tu veux pas réveiller le chien ! T'as peur d'aller pisser car y a rien de plus dérangeant que de tomber sur ton hôte en pyjama. Et quand tu croises le regard de la mère au moment de rentrer dans les chiottes, tu sais qu'elle tremble de peur, qu'ils tremblent tous devant tes potentielles gouttes de pisse. Celles des gosses, ça va, mais les tiennes, les tiennes elles sont immondes, elles sont d'un jaune inquiétant, véritable corps étranger ! On n'en veut pas de tes bactéries qui pullulent, personne n'en veut. Et ça tu commences à le comprendre.

Puis on peut dire que j'ai largement fait le tour des canapés des copains. Et au bout d'un moment c'était trop : j'ai quand même un ego ! Évidemment que je les entendais chuchoter en famille dans la cuisine avant de revenir tout sourire avec leur hypocrisie à deux balles. Je savais bien qu'ils pouvaient plus blairer ma présence, à la longue. Ça exaspère, un grand corps étranger qui respire fort chez soi, ouvre le frigo, fait diminuer beaucoup plus vite le volume des céréales et laisse la salle de bains humide après la douche. Ça irrite et c'est pesant, je le sais. Et moi je préfère dormir dehors plutôt que devenir cette grosse bête indésirable. J'ai quand même un ego, merde !

Alors il y a des jours où je ne cherche plus rien. Je laisse tomber le tour des auberges de jeunesse et des petits hôtels, j'accepte mon sort : aujourd'hui, c'est la rue ! Ces journées sont les moins tristes car j'oublie tout. Avec Tamás et Moussa, on joue les vagabonds vers le boulevard Saint-Michel pour être un peu loin de Philippe au cas où ça dégénère. Il est vieux, Philippe, et on veut pas le mettre dans la merde. La rue, ça veut dire que c'est nous face au monde et que toutes les crasses sont permises. Et le moins qu'on puisse dire c'est que Tamás s'y connaît en crasses car comme la pitié n'a jamais fonctionné pour les Roms, ils ont dû s'adapter. Son arnaque préférée c'est de découper le bas d'une bouteille en plastique pour en faire un petit gobelet transparent. Transparent, ça veut dire que si vous le mettez par terre en plein milieu du trottoir, il y a toutes les chances qu'un passant ne le voie pas et donc qu'il l'écrase ou le renverse. Et comme on met dans le gobelet quelques pièces qui ne valent rien, le bourgeois tire dedans, casse la tirelire et toutes les pièces s'envolent, roulent et s'éparpillent aux quatre coins de la rue. Il suffit de regarder la scène sans rien dire. « Quel imbécile ! Je suis confus, mon brave, je n'avais pas vu votre petit pot... » qu'ils disent.

« Quel con ! J'ai fait tomber toutes les pièces d'un clochard devant tout le monde… » qu'ils pensent. Et si, à ce moment précis, la culpabilité n'est pas assez vive, si la honte ne force pas la main du bourgeois à lâcher, au moins, une petite pièce en guise de dédommagement, alors c'est la poisse : on est tombés sur un monstre.

C'est les petits frères de Tamás qui nous ont montré l'embrouille pour la première fois, à Moussa et moi. Ils font ça dans plusieurs rues du quartier, toute la journée sans jamais se lasser. Moussa s'est très vite pris au jeu : dès qu'un passant maladroit dégomme le gobelet d'un des petits et qu'on l'observe au loin, il explose de rire, applaudit en hurlant « Strike ! » et me tape dans la main. Puis on a dû apprendre à le faire nous-mêmes et donc à étouffer nos rires car sinon ça ne marche plus. Je dirais qu'un passant tombe dans le panneau toutes les quinze minutes, ce qui fait qu'en deux heures on peut aller jusqu'à se faire dix balles par gobelet, et c'est pas rien.

Plus tard dans la journée, on se répartit les rôles entre Moussa, Tamás et moi, de façon plus stratégique. Le grand-père de Tamás lui a appris à fabriquer quelques mélodies avec l'accordéon. On va pas dire qu'il chante juste, Tamás, mais il chante pas faux non plus alors ça fait quelque chose de potable. Tamás adore être au centre de l'attention donc *bohémien des métros* c'est le rôle parfait pour lui. En quatre stations, de Notre-Dame à Denfert, vous avez droit à son répertoire de chansons dans un format compressé vraiment bizarre qui enchaîne « Bella ciao », « La vie en rose », et « Kalin Kamalin Kakalin Kamaya ». La première fois qu'on a entendu cette horreur, avec Moussa, c'est parti en énorme fou rire mais là aussi on a dû vite se reprendre parce que Tamás rigolait pas du tout. Enfin… Il arrive à revenir avec quelques sous donc on se plaint pas.

Je vous ai dit que Moussa a du mal à s'attirer l'empathie et même la sympathie car il est Noir du Sénégal. Je saurais pas vous dire ce qui est pire dans la rue entre être Rom ou Noir, il faudrait voir avec Tamás et leur demander de comparer les inconvénients… Moussa vient tout droit d'Italie où il vendait des chapeaux, des ballons de foot et toutes sortes de paréos colorés sur les plages de Toscane. « C'était un sacré boulot ! qu'il dit souvent avec les yeux mouillés. Croyez-moi qu'il faisait plus que chaud, là-bas... Mais j'ai jamais craqué ! C'est à cause des patrons. Des vrais rats. Moi je passais la journée à transpirer pour vendre leur camelote mais le soir ils me prenaient tout. “T'as bien travaillé, Moussa !”, “C'est impressionnant comme tu tiens la chaleur, Moussa !”, “Avec son beau sourire, il vous vendrait n'importe quoi, Moussa !” : sauf que Moussa n'en pouvait plus de se faire entuber. Alors j'ai dit stop, un jour, et je suis parti vers la France. »

Au départ, Moussa s'était mis en tête de vendre des petites tours Eiffel aux touristes sur le Trocadéro, des tours Eiffel en couleurs car « les touristes qui s'émerveillent pour un rien, ça a toujours été mon fonds de commerce », qu'il dit souvent. « On pourrait tout leur vendre à ceux-là : tu fais quelques objets en plastoc avec de la couleur qui brille, tu joues au Noir gentil deux minutes et t'es sûr que ça rapporte. À la plage comme en ville c'est la même chose ; là-bas les paréos, ici les figurines : y aura toujours un con pour acheter ! » Mais pour les tours Eiffel Moussa a vite déchanté car ce commerce n'est pas pour les Sénégalais. Ce sont les Gabonais qui gèrent ça, et le moins qu'on puisse dire est qu'ils tiennent à leur monopole.

Alors pendant que Tamás fait le clown avec son accordéon, Moussa et moi faisons le tour des wagons. Le plus grand capital de Moussa est sa jolie gueule aimante. Il faut vraiment être un connard de raciste pour pas lui donner le bon Dieu sans confession. Parfois je me dis qu'il est pas malin de s'être installé dans un quartier aussi bourge car ailleurs dans Paris, je vous promets qu'il ferait un malheur à la manche. Heureusement, comme les habitants de la place du Panthéon ne prennent pas souvent le RER, Moussa peut y faire quelques performances. Il promène sa pancarte entre les voyageurs et ça lui économise le refrain terrible de tous les misérables : « Une petite pièce, s'il vous plaît ! » Je l'ai trop entendu, ce refrain, j'en peux plus et je crois même que je dirais non si on me demandait une pièce comme ça. J'ose pas le dire à Moussa mais il aurait pu trouver quelque chose de plus racoleur à écrire sur sa pancarte que « Faim SVP Pièce ». Moi la dernière chose que je veux c'est faire de la peine à Moussa et de toute façon personne nous écoute jamais, alors pourquoi ils iraient jusqu'à lire sa pancarte ? Moussa est tellement fort en sourires que parfois je suis jaloux des voyageurs car j'aimerais qu'il me regarde comme il les regarde. Il crée une relation particulière avec chacun d'eux en quelques secondes et c'est rageant. Moi je l'aime, Moussa, et c'est mon plus grand pote.

Mon jeu à moi c'est de me mettre au milieu du wagon et de dire le refrain dont je vous parlais tout à l'heure mais d'une manière différente à chaque fois. Le « Une petite pièce, s'il vous plaît ! » devient ma chose à moi, ma petite œuvre d'art. Le but est d'attirer les regards, d'aller chercher les chuchotements. C'est mission accomplie quand j'en vois un ou deux qui retirent un écouteur pour m'entendre. Je fais bouger mes mains et je tourne sur moi-même pour que le spectacle n'échappe à personne. Le wagon devient théâtre et je les assomme tous avec mes mensonges car il n'y a qu'une seule règle : un wagon, un bobard. C'est fou comme je mens… Un clochard, c'est vu et revu alors que mon fils handicapé que je peux pas nourrir à cause de la chimiothérapie pour mon cancer du foie, ça cultive la peine et ça fait vibrer les âmes. Vive le cancer et sa noblesse ! La misère c'est sale et vulgaire. Tout ça n'est vraiment pas désagréable car ça me permet de voyager un peu, même si tu parles d'un voyage…

Je vais pas me vanter mais c'est souvent moi qui ramène le plus de sous à la fin. Ensuite Moussa puis Tamás. Mais c'est pas important puisqu'on finit toujours par jeter tout l'argent dans le grand chapeau de Moussa et on divise en trois. C'est notre façon à nous de redistribuer, et moi ça me dérange pas. J'avoue que je garde toujours cinq euros qui vont pas dans le chapeau, mais je pense sérieusement que Tamás fait pareil.

C'est pas la grande fortune mais quinze euros par personne c'est quand même une somme alors Moussa veut s'acheter une gaufre au chocolat pour fêter ça.

— Une gaufre ? lui lance Tamás, les sourcils très froncés. T'es un marrant, Moussa… Prends-toi un sandwich ou une bière comme tout le monde. Ça réchauffe, la bière.

Tamás a son idée bien expérimentée de la survie. Sa famille lui donne toujours plein d'astuces pour pas crever la dalle comme bien mâcher la nourriture ou la conserver dans du papier donc il plaisante pas du tout avec le gâchis et les choses comme ça. Une fois j'allais jeter le fond d'un Coca et il m'a pincé la main très fort pour pas que je lâche la cannette dans la poubelle. Tamás sait par cœur ce qui nourrit et ce qui nourrit pas donc vous comprenez bien qu'il faut pas commencer à le faire chier en payant cinq euros pour un peu de pâte et beaucoup d'air. Mais aujourd'hui, Moussa tient vraiment à sa gaufre alors il s'écrase pas devant Tamás :

— Je bois pas d'alcool et les sandwichs en triangle me dégoûtent : ce que je veux maintenant, c'est une gaufre au chocolat.

Tamás commence à rougir. Il fait vraiment flipper quand il est comme ça.

— Mais t'es con ou quoi ? Tu crois qu'une gaufre va te nourrir ? Dis-moi, il sort de l'œuf ce clochard-là ?

Tamás me regarde ; je dois trancher. Moi ça me dérange pas que Moussa se prenne une gaufre. On a divisé les recettes en trois et Moussa peut très bien décider de dépenser son argent dans une petite douceur qui ne lui remplira pas l'estomac pour de bon mais qui sera son petit plaisir insouciant. Il s'enfilera sa gaufre et oubliera pour quelques instants sa vie de forçat sur les plages de Toscane – ce sont les pensées qui l'affectent. Et surtout je comprends qu'il en ait marre de s'alimenter, qu'il veuille déguster, c'est-à-dire manger comme un riche : pour le goût ! Pas pour la survie. Et croyez-moi que c'est incomparable. Moi je préfère ne rien manger du tout plutôt que me farcir toujours ces sandwichs pourris en triangle presque périmés. Aujourd'hui Moussa veut savourer ; savourer sa gaufre comme si c'était son goûter. Mais Moussa oublie que c'est son repas, la gaufre, et qu'elle ne lui suffira pas… Et puis merde, j'en peux plus de réfléchir aux conséquences et nous aussi on a le droit à la gourmandise !

— Arrête de faire chier, Tamás, et laisse-le manger sa gaufre.

C'en est trop pour Tamás, ce gaspillage, alors il se taille en marmonnant des choses en rom et je suis bien content de pas comprendre le rom.

Moussa s'engouffre dans la rue Mouffetard pour s'acheter sa gaufre et marche devant moi. Il est distrait, Moussa, il m'oublie et ne pense qu'à sa gaufre, qu'à lui et la gaufre, ce nouveau binôme qui s'apprête à déambuler gaiement dans les chemins de son intestin jusqu'à ne former qu'un seul corps. Autour, plus rien ne compte : c'est le palais de Moussa et sa future bouillie de gaufre, Moussa qui scrute passionnément les boutiques alléchantes de ce grand souk, la Contrescarpe, où l'on trouve au moins trois fois les mêmes crêperies orange et parmi lesquelles il faut choisir. Qu'il est tourmenté, Moussa ! Comme le choix est difficile lorsque les senteurs de cannelle et de chocolat s'emmêlent, que de jolies crêpes humides sautillent ici et là, que les touristes parlent fort et vous craignent (n'oubliez pas que vous êtes un clochard et que ces choses-là se remarquent), et que les concurrents en viendraient aux mains pour un client qui s'échappe ! Pauvre Moussa qui déambule avec ses quelques sous dans cette grande marmite et toutes les saveurs... À six heures, rue Mouffetard, c'est Paris qui bouillonne !

Au loin nous voyons Tamás qui défoule sa colère sur quelques touristes et sur un pauvre vendeur de crêpes. Tamás martyrise un peu tous les jours ce commerçant qui est un Syrien. Moi ça me plaît pas trop car ce crêpier s'est durement fait sa place rue Mouffetard, face aux Grecs et aux Libanais qui contrôlent largement les commerces, et depuis longtemps. Ce Syrien est le seul un peu tendre alors Tamás en profite et c'est injuste. Il sait bien que contrairement au Grec d'en face, celui-là n'est pas du genre à sortir de la boutique pour le prendre par le col et le faire dégager sous prétexte qu'il repousse les clients, cette « racaille de Rom » pour parler comme le Grec. Il veut seulement vendre ses crêpes et ses paninis et on voit bien que le reste il s'en moque.

Mais je vais pas me plaindre car c'est toujours amusant de voir Tamás au loin qui dérange la tranquillité publique comme on dit parce qu'elle s'applique jamais à nous, la tranquillité, donc je vois pas ce qu'elle a de « public »... Bref : on compense l'injustice avec les moyens du bord. La rue Mouffetard c'est l'endroit parfait pour foutre un peu la merde : pas un flic ! Il y règne une espèce de loi parallèle qui est la loi de la bouffe. La rue Mouffetard est l'ovni du quartier Latin : c'est la rue qui mouffe, la rue qui pue le gruyère et l'huile ! Il est pas raffiné, ce bordel, mais on l'aime parce qu'on y mange, qu'on s'engueule et qu'on vit.

Après de longues secondes à tout renifler pour être sûr de son choix, Moussa s'arrête devant la seule crêperie à la façade verte, la plus originale et de loin la plus « chic » puisqu'elle ne vend pas de menu panini à cinq euros cinquante. Cette crêperie est particulière car elle est tenue par des Espagnols ou des Argentins je sais pas trop. Pour Moussa, le plaisir c'est sérieux, très sérieux même, surtout dans la rue où les plaisirs sont trop rares pour qu'on les improvise : un plaisir se prépare, se calcule et s'étudie comme il faut. Moussa pratique la joie exactement comme un riche : il se laisse attirer par l'apparence des produits, leur couleur et leur *cote*. Il lui arrive même, dans l'euphorie du plaisir à venir, d'acheter une gaufre pour la seule raison qu'elle est un peu plus chère, ce qui la rend tout de suite plus désirable. Il faut arrêter avec la soi-disant simplicité de nous les pauvres qui savons vivre d'amour et d'eau fraîche : c'est faux ! Moussa et moi aimons les saveurs coulantes et les festins immenses, les gaufres au chocolat fondant qui dégoulinent à en tacher le goudron. Nous choisirons toujours la crêperie avec la plus longue file d'attente et c'est comme ça :

on aime la bouffe ostentatoire, les joies disputées. C'est comme ça : il n'y a de plaisir que bourgeois.

Le choix de la gaufre, c'est tout un cérémonial. Ça commence à l'instant où Moussa se dit « Je vais m'acheter une gaufre » ; s'ouvre alors le fantasme de la gaufre idéale qui lui fout la tête dans les nuages et les nuages c'est du sucre. Puis face à la crêperie, il y a ce curieux mélange entre plaisir et besoin car en vérité pour Moussa la gaufre est bien plus qu'un léger agrément du palais, c'est un plat. Donc gare à pas se faire arnaquer sur les doses ! C'est vital. Alors il fixe la gaufre pour contrôler la fabrication du produit dans chaque recoin. À aucun moment Moussa ne regarde le commerçant dans les yeux : seulement la pâte qui brunit progressivement sur la plaque brûlante, seulement le chocolat qui s'étale dans les moindres cavités du délice. « Encore du chocolat ! » qu'il réclame. Il faut vraiment être un clochard affamé ou un enfant capricieux pour être aussi scrupuleux sur les doses. Pendant la préparation, les clients, distraits, regardent ailleurs ou discutent avec le commerçant : pas Moussa. Enfin, quand le vendeur lui file la gaufre c'est le sommet du bonheur car la possession se concrétise et pour un mendiant la possession c'est pas rien. Il faut voir la bouche humide de Moussa lorsqu'il touche du doigt son trésor : devant le chocolat au lait qui dégouline sur les petits carreaux bruns, Moussa bave…

La gaufre énorme, il faut la tenir à deux mains. La gaufre immense ! Moussa la tient à deux mains. Et je lui apporte mon aide, de peur que le chocolat ne coule, le chocolat qui, merci à lui, s'écoule lentement, assez lentement pour allécher son regard et lui faire espérer l'infini de la dégustation. Rien qu'à Moussa, le bonheur au chocolat, rien qu'à lui...

Il avance tout content, le Moussa, et tous les passants veulent de sa gaufre. Il les regarde méchamment, les envieux de sa gaufre, tous ces vilains qui, à tout moment, pourraient la lui voler. « C'est ma gaufre ! » pense-t-il. Et il a bien raison : c'est sa gaufre. Mais je crois que le pauvre Moussa surestime la jalousie des autres, lui qui dévore sa gourmandise comme un mort de faim. Et qui serait jaloux de cet affamé ? Sur ses doigts, le chocolat se mêle à la crasse et forme un mélange qui plus tard sera langoureusement sucé. Car, surtout, il ne faut rien laisser ! C'est vrai, je vous ai dit que Moussa *choisit* ses plaisirs comme un riche. Mais ça veut pas dire qu'il les *consomme* comme un riche : Moussa ne déguste rien, il dévore ! Ses deux mains propulsent l'aliment dans sa bouche, ce gouffre, et j'aperçois ses dents brillantes qui désormais ne servent qu'à broyer. « C'est trop bon ! Vraiment trop bon ! » qu'il répète, après avoir englouti trois bouchées, tout en prenant garde à ne pas postillonner car un bout de gaufre qui s'envole est une tragédie…

Une chose est sûre : Moussa jouit. Sans penser à la suite, sans regarder les autres, appréciant ma compagnie comme le témoin de sa joie. Car un plaisir visible est un plaisir éternel. Moussa me reparle souvent de certains aliments qui lui ont réchauffé le cœur. C'est une façon de les goûter une deuxième fois, et ça ne coûte rien.

Les vagabonds se multiplient dans le coin. Il y a les habitués comme Philippe, peu nomades et connus de tous. Ceux-là cherchent un prestige qui est celui de la rue, ce sont des clochards, des vrais, et ils ne mentent à personne. Il y a aussi les instables, ceux qu'on voit traîner une nuit ou deux avec chaque fois le même sac en plastique, ce baluchon des temps modernes. Je les aime pas ces clochards intermittents car ils nous méprisent, nous les pouilleux confirmés. On incarne ce qu'ils évitent absolument, la vraie merde assumée dont on ne sort que par miracle. Toi le mendiant timide et honteux, toi qui fais la manche à voix basse, qui dors en tailleur sur le sol sans carton ni couverture pour nous laisser croire que ta présence est éphémère, si tu me lis, veille à ne pas fermer l'œil de la nuit… Car un soir je déposerai devant toi un gobelet bien visible et une très grosse pancarte pour te transformer en ce que tu crains le plus, en clochard absolu, en quémandeur ostensible. Garde un œil ouvert, petit snob, car avec Tamás on a l'humeur taquine et il se trouve que ton petit baluchon nous intéresse ! Qu'y a-t-il, dans ce sac ? Un peu de nourriture ? Quelques nouveaux habits ? Oh, surveille ton sac, malheureux ! Car tu t'en rendras compte assez vite : ici, on manque de tout.

Stop ! C'est vrai que j'étais comme eux au départ... Mais la différence c'est que je me suis vite raisonné. Au bout d'un moment c'est trop pathétique de s'inventer des histoires sur sa propre situation. Moi je trouve que la lucidité nous rachète un peu de dignité et c'est pour ça qu'ils me rendent fous, les clochards tout précieux. Mais c'est vrai que j'étais comme eux, au départ. Assis dans l'abribus, l'air normal, citadin comme un autre qui patiente pour le bus. Tiens-toi droit, ignore les points douloureux, les muscles maltraités, les regards prolongés sur les nouveaux nœuds de ta barbe. Croient-ils que tu es clochard ? Ne fixe pas le sol, ne regarde pas le vide, conserve un œil vif : tu attends le bus, comme tout le monde... Reste en mouvement le plus longtemps possible, reste debout. Quand tu t'assois, fais-le dans les endroits les plus stratégiques, là où s'asseoir est *normal* – ne pense qu'à la norme. Jette un œil sur le vieux smartphone que tu as gardé de ta vie d'avant. Il n'a plus de batterie ? Fais semblant. Fais comme s'il était allumé. Réponds à l'appel fictif : ta mère veut te joindre ! Allô, maman ? Invente un dialogue ; ils doivent croire que tu es des leurs, que tu es dans le monde, encore un peu...

Il fallait que la comédie cesse. Alors j'ai fini par poser mon cul sur le sol. Puis mes jambes, mon épaule, ma joue. Au début c'est froid, le béton. Ça fait froid sur la joue. Et puis c'est plus froid du tout : ta joue a réchauffé le sol. Et là, c'est le début des problèmes. Tu ne peux plus nier ta condition car l'union entre ton corps et le sol s'incarne dans ta joue chaude, dans la stupeur de ta rencontre matinale avec les pneus de la voiture d'en face. La réalité est là, devant toi, au réveil : tu as dormi par terre.

Je ne sais pas pourquoi je vous parle de tout ça… Je voulais seulement vous dire qu'il y a de plus en plus de clochards aux alentours de la Contrescarpe et que c'est sûrement la cause de cette étrange rencontre que nous avons faite avec Moussa quand il bouffait sa gaufre.

Si Moussa n'avait pas été fasciné par la gaufre et moi par Moussa dévorant sa gaufre, on l'aurait aperçue plus tôt, la bohémienne au caddie, car même si on s'entend pas toujours entre habitants de la rue on se remarque toujours au loin, un peu comme les enfants ou encore les chiens. Un clochard même sans extravagance, ça tranche forcément avec le décor et il y a que les bourgeois pour ne pas relever nos présences. Entre nous on se reconnaît au premier regard, et même que parfois si le contact est bon on se salue d'un hochement de tête, un peu comme les chauffeurs de bus qui se croisent sur la rue de Rivoli.

Appuyés sur le mur, on aperçoit un corps à quelques mètres, un corps traînant son caddie rouge dans lequel il y a le nécessaire. On l'a tous, ce bagage qui est notre maison ; c'est le sac des deux trois fringues et des quelques objets qui comptent, s'il en reste. Et là c'est un caddie, un caddie lourd et rempli à craquer, si lourd que la femme fait la grimace à chaque nouveau pas, à chaque petit mouvement qui semble épuiser l'intégralité de son corps dans son chemin vers les nôtres. Elle essaie parfois d'accélérer, la boiteuse, et c'est pas joli à voir… Seuls quelques mètres la séparent de nous mais c'est une éternité, ces quelques mètres, comme elle a pas cru bon de laisser son caddie derrière elle pour être plus légère, comme si le caddie c'était son corps, comme si la lourdeur des choses faisait désormais partie de son être et qu'il avait cessé de combattre, ce pauvre tas d'os, cette pauvre femme dont la vie entière tient dans un caddie rouge, abîmée par tous ces kilomètres à trimballer ce tas !

Elle approche avec son gros caddie et regarde la gaufre. Elle a les cheveux comme de la paille, de la paille grise et abîmée. Et sa peau noircie par le vagabondage abrite des petits creux qui sont des rides et des balafres ; son cou est couvert de boutons épars, œuvres des puces de goudron : la rue ça s'écrit sur les corps, ça s'écrit sur la chair ! Il est devant nous, le visage de toutes les blessures, tout près... Elle approche lentement – je ressens la chaleur infernale de son corps à quelques centimètres. Et puis, dans un effort engageant l'intensité de son être, avec une voix frémissante, véritable râle à l'issue duquel elle va sûrement succomber tant c'est laborieux, pour elle, de mouvoir autre chose que ses jambes, elle souffle ces quelques mots de sa bouche : « Il va finir la gaufre, ton copain ? » C'est à moi qu'elle pose la question parce qu'il a la bouche pleine, Moussa. Alors bien sûr qu'il va la finir, sa gaufre ! Enfin, rien de plus évident...

Figé, Moussa la regarde tout en continuant de mâcher mais beaucoup plus lentement, comme si d'un coup il n'y prenait plus aucun plaisir. Ce qui se passe est bizarre, très bizarre même et je crois que le plus bizarre c'est d'être confronté à plus pauvre que nous. Enfin plus pauvre je sais pas car à ce stade c'est pas facile de hiérarchiser mais en tout cas plus misérable, plus clochard quoi. Et puis ça fait tout drôle qu'on vienne nous mendier quelque chose à nous... Alors je me tourne vers Moussa, de façon assez lâche, je l'avoue, car la dernière chose que je veux c'est porter ce choix sur mes épaules. À gauche : mon Moussa, interrompu dans son bonheur... Face à moi la dame toute cabossée qui crève la dalle. Ah, çà ! Elle doit crever la dalle pour trouver la force de mouvoir sa maison de caddie, tout ça pour une gaufre bien entamée, et désormais bien dégoûtante ! Oh, çà ! C'est pas pour le plaisir qu'elle réclame la gaufre ! Chez elle, tout n'est que survie : son regard est vide, si vide que cela me fait peur ; sa bouche engourdie gesticule sans raison, ce qui transforme son visage en une espèce de boule velue, un petit être autonome ; et sa voix grise nous laisse deviner que la pauvre femme a perdu le sens des autres.

C'est certain qu'elle a perdu le sens des autres, la clocharde, puisque n'importe qui avec un peu les pieds sur terre aurait remarqué les yeux brillants de Moussa quand il dévorait son bonheur à pleines dents ! Et c'était beau à voir comme il aimait sa gaufre. Mais il a fallu qu'on croise le plus transpirant de la misère du quartier, la misère arborée comme une breloque, la misère étalant ses blessures pour faire fondre nos cœurs : c'est pas du jeu !

Comment tu parles ? « Le plus transpirant de la misère du quartier », tu dis ? Mais tu t'es vu, toi, avec tes chaussures qui sont plus des chaussures ? On voit tes orteils qui veulent s'échapper, imbécile ! Tu parles d'elle et de son gros caddie, mais toi t'as qu'un minuscule sac à dos avec trois caleçons qui te font des semaines : si tu veux mon avis, petit crasseux, prends exemple sur elle et trouve-toi ce caddie !

C'est quand même pas du jeu d'être aussi pathétique... Alors je peux vous dire qu'elle aura pas la gaufre : elle aura pas le seul plaisir de mon ami ! À tous les clochards du monde moi je préfère le sourire de Moussa. Et qu'on vienne pas me bassiner avec la solidarité car il n'y a rien de solidaire à priver Moussa de sa gaufre. Moussa est un mort de faim qui ne savoure jamais rien donc pourquoi nous a-t-elle choisis, celle-là ? Des bourges, y en a plein les trottoirs dans ce coin-là, c'est même à ça qu'on le reconnaît ce coin-là !

En même temps c'est vrai qu'il y a de plus en plus de clochards ici ; qu'à ce rythme-là, la Contrescarpe sera bientôt remplie de mendiants et qu'on se fera la manche à nous-mêmes, entre clochards, que les mêmes pièces de deux euros seront cédées mille fois sans être dépensées car entre gens qui connaissent la misère on se refuse pas la charité. Elles circuleront par la fraternité jusqu'à ce qu'un bonhomme un peu plus égoïste que les autres aille s'acheter quelque chose avec, mais il sera pardonné car encore une fois rien n'est grave quand on a faim, et ça on le sait tous. Je suis sûr qu'une ville de clochards ce serait une ville bien plus tendre et plus humaine mais on n'en est pas là pour l'instant, et les riches ça court les rues. Pourtant c'est nous qu'elle a choisis, la vicieuse, car elle sait qu'on parle le langage de la faim et qu'on sera jamais capables de la laisser crever. Je vous disais que dans la rue toutes les crasses sont permises ; eh bien la voilà, la plus grande crasse : devoir choisir entre soi-même et l'autre quand l'autre est misérable à en pleurer.

Sans même me regarder et comme si c'était pas nécessaire d'y réfléchir un peu, comme si tout allait de soi, Moussa donne la gaufre à la vieille avec un gentil sourire puis se lèche les dix doigts en finissant par les pouces, ce qui m'a d'abord paru étrange mais c'était peut-être un calcul étant donné qu'il avait bien plus de chocolat sur les pouces que sur les autres doigts. Je regarde la gaufre avec nostalgie, la gaufre abandonnant les mains crasseuses de Moussa pour un nouvel univers de saleté : la femme-au-caddie. Et je l'imagine déjà s'empiffrer, la vieille, j'imagine le chocolat dégouliner sur le coin de sa lèvre pour trouver refuge dans les trous de ses rides. J'imagine la clocharde étaler la gaufre sur sa joue, elle qui ne sait plus manger ! Je l'imagine riant aux éclats avec ses dents marron de chocolat ou de je ne sais quelle immondice qui était là avant le chocolat. Il ne reste qu'un goût léger dans la bouche de Moussa, un goût qui va bientôt disparaître et c'est pour ça qu'il a léché ses pouces en dernier, le gros malin…

À quand le prochain régal, Moussa ? Ça rend fou d'y penser. Tu vois deux gars sur la rue Tournefort avec l'un d'eux qui s'enfile une gaufre : c'est deux potes qui profitent de la vie du quartier. Tu leur enlèves la gaufre et ça fait deux clochards qui s'emmerdent. C'est fou ce déclassement. Le pire c'est que j'ai même pas honte de m'être fait racketter. Des humiliations j'en ai vécu des pires et puis « c'est qu'une gaufre ! » comme le dit Moussa en me tapant sur l'épaule, alors que c'est lui la victime dans l'histoire.

— C'est de bonne guerre ! qu'il ajoute. Elle a joué sa carte, elle a raflé la gaufre malgré ses soixante-dix balais et puis voilà, on va pas en parler des heures de cette putain de gaufre. Moi je m'incline et je lui dis « chapeau ! ». Par contre, il faut se le dire entre nous, mon pote : on va devoir travailler la *street cred*...

— La quoi ?

— La *street cred* ! Tu crois que Tamás se serait laissé baiser comme ça ? On fait pas peur, copain, on ferait même pas peur aux Jean-Paul.

Puis il a répété « aux Jean-Paul ! » plusieurs fois en explosant de rire et je comprenais rien, mais Moussa qui rigole ça suffit largement pour que j'explose à mon tour. C'est ça l'avantage des quartiers riches où les clodos se tapent dessus pour des gaufres et pas pour des galettes. Des galettes ? Oui, des galettes, des boulettes, des cailloux, du crack quoi, la grosse merde qui a pris le relais de l'alcool dans la vie de Jonas et qui m'a fait fuir de la maison pour plus jamais le revoir, mon drogué de frère.

Avant, je m'en cognais complet des addictions de Jonas : rien, mais alors rien à foutre de ce qu'il ingurgite… D'ailleurs, quand j'étais lycéen, j'avais jamais su comprendre les parents qui détruisaient leurs gosses pour quelques pétards ou verres de vodka. Et quand avec ma mère on regardait *Enquête d'action* à la télé, cette émission de fou furieux où tu suis pendant des heures des policiers virils dans leur traque aux camés, moi j'étais toujours du côté des camés. Il faut vraiment se faire chier dans sa vie pour se mêler des plaisirs des autres, et ça je l'ai jamais supporté. Sans rigoler, qu'est-ce que ça change à leurs vies qu'une poignée de jouisseurs fasse la course aux sensations ? C'est joli, l'ivresse, ça fait découvrir des mondes à commencer par son propre corps en extase. Et c'est quelque chose, un corps en extase… Ça tremble et ça frissonne, ça plane et c'est bercé par un cerveau qui s'oublie, qui oublie les malheurs sans avoir à se consoler car il ne reste que le corps, plus rien que le corps dans sa solitude la plus parfaite. Et quitte à interdire les drogues, interdisons le sexe ! On voit des dangers partout sans même se soucier des plaisirs, alors on pourrait bien trouver quelque chose de malin pour interdire le sexe. Et puis l'amour, et puis l'alcool, et puis le chocolat. Vous savez pas comme c'est dangereux, le chocolat !

Un jour, Jonas s'est ramené avec le regard ailleurs et sa grosse tache rouge sur la main qui voulait pas disparaître au bout de plusieurs semaines. Et plus personne parlait à table, et maman avait des cernes immenses. Puis il y a eu cette nouvelle règle étrange que je devais partir de la maison dès le matin huit heures pour aller bosser au lycée alors que j'avais rien à bosser, moi… Et on regardait même plus le JT. C'était pas que la tête de con de Lucien Delapierre me manquait mais je sentais que quelque chose basculait. Je vous l'ai pas raconté mais Jonas était chauffeur de VTC, à l'époque, et c'est important dans l'histoire. Il avait lâché ses études de cuisine à vingt ans pour « être son propre patron » et que « plus personne le fasse chier sur les horaires » et j'aimais ces phrases de grand frère qui se laisserait jamais marcher sur les pieds. Maman s'était endettée pour une voiture neuve et Jonas ramenait de l'argent tous les mois. Il remboursait le prêt, l'aidait pour le loyer, ça soulageait tout le monde et je peux vous dire qu'on vivait bien. Il travaillait le jour, buvait le soir et retravaillait le jour. Et finalement on s'en foutait un peu qu'il boive car si t'enlèves les quelques moments pesants où il enflammait son cœur pour un rien d'émotions, ça dérangeait personne.

Mais ensuite il y a eu la grosse tache sur sa main qui est devenue une immense cloque et ça faisait très peur. Et un jour où j'observais mon frère quand il bouffait son gratin, j'ai vu ses deux dents du devant creusées par une espèce de carie géante et putain c'était quoi ce bordel ? Mon frère se métamorphosait et personne savait pourquoi. Alors un matin je me suis glissé sur la banquette arrière de sa voiture pour aller voir ce qu'il foutait pour devenir un mutant, et j'ai compris que ça faisait bien longtemps qu'il prenait plus sa caisse pour aller travailler, ce tordu. Après au moins trente minutes de trajet où j'ai failli me faire griller six fois et une montée d'au moins cinq longues minutes qui m'a bien niqué le dos, le moteur s'est arrêté. Il y avait une odeur de pisse au goudron que tu peux pas comprendre si tu l'as pas sentie. C'était mon premier contact avec cette odeur et ce qui est fou c'est que je crois pas l'avoir ressentie plus tard avec une intensité supérieure. Pourtant, c'est un peu mon odeur aujourd'hui, c'est notre odeur à tous. Bref. Jonas a vite ouvert la portière du devant, puis il est sorti de la voiture en courant comme un taré. Je me suis levé de la banquette et, en regardant par la fenêtre, j'ai vu mon frère s'éloigner sur la pelouse aux bouteilles vides et aux trucs en plastique de partout. Au milieu du terrain, un homme très maigre au regard inquiet fixait le sol en faisant des va-et-vient du menton comme un petit poulet dans la ferme ou comme un pigeon débile qui croit voir des bouts de croissant sur le sol à chaque nouvelle seconde. Quand je pensais qu'il s'approchait, je baissais vite la tête par peur qu'il m'aperçoive et qu'il vienne me picorer à mon tour. Au loin, il y avait deux types qui se battaient avec une femme qui mettait des grosses tartes à l'homme avec une fougue que j'avais du mal à croire. Et ça criait des « grosse pute ! », des « connard ! », des « va niquer ta mère ! », et moi je restais fasciné par l'homme-poule qui continuait de picorer. C'était comme si, en foulant cette pelouse, chacun avait sorti le plus taré de soi-même et sans limite. C'était comme une énorme farce et dans quelques minutes chacun redeviendrait normal et Jonas sortirait du bordel en me demandant si l'homme-poule m'avait fait rire. Mais au bout de quelques minutes, l'homme-poule s'est rapproché pour de bon. J'ai pas baissé la tête et j'ai vu sa grosse face à coquard et sa peau qui s'en allait de partout, ses jambes pleines de croûtes et ses pieds ! Ses pieds tout secs avec des trous partout, ses pieds rongés par les heures et les heures à marcher pour se trouver des galettes. Et là c'était trop. J'ai ouvert la portière et j'ai tapé le sprint de ma vie. J'ai quitté la colline de l'enfer.

Après une heure de marche et de métro, de marche lente, le temps de réaliser que mon frère était devenu toxico, que les nouveaux silences au moment de dîner et les cernes de maman c'était du très sérieux, je suis rentré sur Ivry. J'ai ouvert la porte et maman était là, sur le canapé, avec le visage des mauvais jours mais en pire. Elle m'a fait un gentil sourire et m'a demandé de m'asseoir. C'était la première fois que je voyais des larmes sur les joues de ma mère qui était la personne la plus forte de l'univers et j'ai même pas bougé un orteil, tellement ça m'a figé.

« Tu dois partir pour quelques jours, mon ange. J'ai appelé les parents de ton ami Léo qui vont t'accueillir pour quelques nuits. Avec ton frère on a quelques petits problèmes, quelques réglages à faire sur son job qui ne rapporte plus assez mais c'est tout. C'est temporaire, mon cœur, et tout va s'arranger. » Elle avait jamais dit « mon cœur » et c'était pas normal. Alors je suis parti faire mes affaires sans poser de questions pour pas lui rajouter des peurs, en sachant que plus rien ne serait comme avant. Au moment de franchir la porte, elle s'est approchée de moi, m'a seulement caressé la joue. « Mes yeux ne voient que toi », qu'elle a tendrement chuchoté. C'était la phrase de quand j'étais petit. Elle me la disait le soir, avant de m'endormir, et c'était devenu les quelques mots de mon cœur. J'ai quitté la maison puis j'ai repensé à la nouvelle règle apparue dans ma vie depuis des semaines, celle d'aller bosser au lycée tous les matins huit heures alors que j'avais rien à bosser : ça faisait longtemps qu'on m'en cachait, des choses.

Deux semaines plus tard, j'ai appris par les parents de Léo que les huissiers avaient débarqué chez ma mère, à huit heures du matin. On n'a plus jamais regardé le JT.

Maintenant qu'on n'a plus la gaufre avec Moussa c'est le début de l'ennui, l'ennui qui nous prend par le cou pendant des heures, de longues heures qui sont grises et je dis pas forcément ça parce que les trottoirs sont gris mais je sais pas… pour moi, si l'ennui devait être une couleur ce serait le gris. Moussa dit que ce serait le jaune et je suis sûr que c'est à cause de ses allers-retours éternels sur le sable de la Toscane. Donc peut-être que la couleur de l'ennui c'est la couleur du sol aux instants les plus longs de nos vies. C'est dans ces moments-là que l'ivresse est utile, ces moments où tu sais pas quoi faire de ton cerveau parce qu'il est lourd, lourd comme un fardeau que tu peux plus te voir en peinture et je voudrais qu'il aille loin, ce fardeau, très loin ; qu'il s'en aille grimper sur la coupole d'Henri IV mais finalement non parce que cette coupole arrogante on la voit depuis mon recoin de la rue Tournefort et bordel c'est trop insultant ; qu'il se faufile tout droit sur les fossés Saint-Jacques pour aller se cacher dans les buissons du Luxembourg ; qu'il descende la rue Blainville en roulant vers la Contrescarpe et que je le regarde rouler, rouler, rouler vers la rue Lacépède, les arènes, Jussieu, la Seine : plouf !

Il peut rouler jusqu'à la Seine, le fardeau, parce qu'on est sur une montagne et pas n'importe laquelle : la montagne Sainte-Geneviève, messieurs-dames ! C'est une autre espèce de colline, si l'on veut. Sauf qu'ici tout est beau, tout est propre, à part nous. Ici, pas d'hommes-poules, que des petits pigeons (des vrais) qui dévorent les restes à ma place et même que parfois je les jalouse quand ils se tapent des moitiés de kebab laissées sur un banc par des jeunes cons. Comment ça, « kebab » ? Tu t'es cru sur la Colline ? Ici les kebabs c'est des *gyros*, et je peux vous jurer que ces pigeons mangent mieux que certains hommes. Putain ce que j'aimerais penser à autre chose qu'aux pigeons et à la chaussée grise... Si j'étais sur la Colline, j'aurais des choses à raconter puisque t'y risques ta peau toutes les dix minutes. Si j'étais sur la Colline, je serais sûrement en train de me faire défoncer pour un caillou, de vendre mon corps à cinq euros cinquante ou alors de me prendre une bouffée d'euphorie dans le crâne et mon Dieu que c'est bon ! Mais si j'étais sur la Colline, je reverrais sûrement mon frère avec le visage qui ressemble à une pomme qu'on n'a pas fini d'éplucher et en train de se gratter nerveusement les jambes en hurlant comme un dingue et putain je préfère rester le pire des déchets au pays des jonquilles que voir ça.

On va se contenter d'une bière.

Une bière, deux bières, trois bières : c'est la fête ou quoi ?

Et Moussa me regarde ; il comprend pas ce qui se passe et moi non plus. Ces crises d'alcool où y a des spectateurs ça me rappelle toujours Jonas dans la maison d'Ivry. Sacrés spectacles qu'il nous faisait, mon Jonas. On était là devant lui, avec maman, et on le regardait raconter des conneries, et la boisson le rendait sensible, très sensible, trop sensible, à nous lancer les mêmes déclarations d'amour tous les soirs. « Vous êtes ma famille adorée, et moi j'ai que vous », qu'il disait. C'était gentil mais trop fort, trop fréquent, trop tout. C'était Jonas et il était sept heures passées... On rigolait gentiment et je regardais ma mère, complice. On en avait parlé cent fois, du Jonas de l'après-dix-neuf-heures, du Jonas d'après la *mue*. Elle m'avait dit « Tu dois savoir une chose, mon ange, ton frère le soir n'est pas le même, il est dans les nuages et c'est comme ça. Alors ne prends pas tout ce qu'il dit pour argent comptant, et reste libre. Surtout : reste libre. »

Au début, l'après-dix-neuf-heures ça le rendait joyeux, super gai, et quand j'étais gosse ça faisait les meilleurs moments de la journée car il venait faire tout plein de conneries avec moi. Alors finalement c'était quoi le problème de la *mue* ? Jonas bourré c'était de loin mon Jonas préféré. Puis quelques mois plus tard Jonas bourré c'est devenu les grandes tristesses, c'est devenu son corps avachi sur la table dans la cuisine, c'est devenu maman triste et anxieuse car on avait besoin de lui qui bosse le lendemain, pour payer le loyer. Et conduire une voiture pendant six heures avec la gueule de bois, c'est pas des conditions parfaites. Avec du recul et vu comment l'ambiance de la maison s'est détériorée dans mon dos, je soupçonne maman d'avoir fait tout ce qu'il faut pas faire avec un alcoolique : le traquer, le scruter, l'engueuler comme une brute. Alors on le voyait de moins en moins, et dans son malheur il a dû faire les mauvaises rencontres qui l'ont mené vers le crack.

Tu racontes quoi, sale ingrat ? T'en veux à ta mère d'avoir tout fait pour pas que tu finisses sur ce trottoir à disserter sur la couleur de l'ennui ? T'en veux à ta mère d'avoir serré les vis pour pas que Jonas se retrouve avec un foie démoli ? « C'est joli, l'ivresse », qu'il dit ! C'est fou ce que tu peux être con, avec trois bières dans le pif. T'es comme ton frère, finalement, t'es qu'un putain d'égoïste. T'es là, tu viens d'engloutir trois bières et tu racontes ta vie : ça t'a pas servi de leçon, le crack et l'alcool qui t'ont foutu dans la rue ? Elle est où, ta mère, à cette heure ? Tu veux pas le savoir : t'as peur… Alors tu fais les cent pas dans ton quartier Latin, tu fais le con pour trois pièces avec ton copain rom. J'arrive pas à croire qu'un beau jour, comme ça, t'aies levé la main pour demander la pièce. T'as fait la manche, mon pote, la manche à dix-neuf ans ! Et c'était la première pièce d'une longue, très longue série de pièces, si longue que maintenant t'es le clochard officiel du quartier. Voilà ce que t'es : le clochard dégueulasse de la rue Soufflot, à la barbe nouée, aux ongles noirs. Ceux qui te donnent une pièce la lâchent avant d'effleurer tes doigts pour pas toucher ta crasse. Et ils se tiennent à distance pour pas choper ta gale alors que t'as pas la gale mais va leur expliquer, qu'on s'amuse… Souviens-toi de la première fois que tu t'es assis sur le sol : t'as regardé à droite, à gauche, tu t'es dit « c'est temporaire » alors que c'était déjà la fin. Puis t'as senti tes paupières s'alourdir et t'as gentiment déposé ta tête sur le bitume, là où pissent les rats.

Ta gueule ! J'ai ma course à faire, la seule course obligatoire de l'après-midi qui est d'aller chercher des cageots cartonnés pour les fruits, au marché de la place Monge. Je les déplie sur le sol et ça fait que je dors jamais vraiment par terre. Il faut les changer tous les jours car les cartons sont tellement fins qu'après quelques heures on voit même plus la différence avec le sol. Bref… Il est tard et ces conneries de bières m'ont fait rater le marché. Alors pas de carton pour ce soir et ça fait mal à l'os. Je crois que je mérite une bière.

Je marche vers la rue Saint-Jacques et y a personne dans les rues. Je vois la famille de Tamás qui dort paisiblement sauf son grand frère l'énervé qui me fixe et c'est flippant dans la nuit. J'allonge mon corps sur la bouche d'aération qui me sert à la fois de chauffage et de lit. L'air est chaud, ça donne toujours la gerbe au début puis on s'habitue. Sans carton le sol est dur, vraiment dur. Heureusement qu'il y a la bière... je suis pas bourré ! Demain, je vais encore me réveiller au milieu du trottoir et me faire enjamber par les lycéens. C'est pas facile ni pour l'intimité ni pour l'amour-propre de savoir que tout le monde voit ma gueule du matin, quand je roupille encore. J'essaie toujours de me réveiller plus tôt pour éviter ça, mais les nuits sont perturbées donc j'ai pas d'autre choix que de dormir un peu le matin. Je me demande souvent ce qu'ils se disent en voyant ma face de petit Blanc de leur âge, moi sur le trottoir, eux les écoliers... En fait, je pense qu'ils sont surpris deux minutes et puis qu'ils passent à autre chose. C'est ça qui me rassure : je ne suis rien qu'un petit obstacle sur leur route, ils me contournent et puis c'est tout. Ni moquerie ni pitié prolongée, et c'est très bien comme ça. Là si je continue de réfléchir tout seul je sens que ça va mal finir, donc je vais voir Philippe avec ma bière.

Philippe est presque toujours éveillé car son ancien job c'était gardien de nuit dans un musée. Il s'est fait virer pour une histoire de gamin oublié dans la salle des statues : le gosse a passé la nuit entière dans le musée sans que personne s'en rende compte... C'est pas facile de finir à la rue pour une affaire aussi débile donc il a le cuir solide, Philippe, et la nuit il est même plus dépendant du sommeil. C'est l'une des choses qu'il a gardées du métier, en plus de la lecture qui lui fait passer le temps. Ça fait bien longtemps qu'il a maté l'ennui, Philippe, et je trouve ça fort d'avoir jamais besoin de personne pour être heureux. C'est trop balaise de tenir comme ça, dans son sac de couchage, sans jamais bouger sauf pour pisser et s'acheter un peu à bouffer parfois. Bon c'est vrai que contrairement à nous il a pas trop besoin de se lever pour faire la manche, le veinard, comme il attire les bourges avec ses bouquins. Son spectacle de rue à lui c'est de parler un peu littérature, et ça lui vaut toujours un beau billet... En vérité, le métro ça fait gagner plusieurs pièces mais des toutes petites, alors que les quartiers riches quand on a la gueule de l'emploi ça peut rapporter des billets car même à travers l'aumône ces imbéciles se sentent obligés d'impressionner je sais pas qui. Ils sont trop stupides et parfois je me dis que si c'est pour finir aussi con je préfère rester dormir là où pissent les rats, comme tu dis.

Quand Philippe ne lit pas des romans, il parcourt des journaux apportés tous les matins par un certain habitant de la place qui s'est pris d'affection pour l'extraordinaire de ce clochard-là. C'est la solution qu'a trouvée ce petit patron pour commencer sa journée du bon pied, avec une bonne action. Quand Philippe m'a raconté ça, j'ai vraiment compris que la charité innocente c'est de l'utopie : les donateurs attendent toujours un truc en retour, soit une distraction un peu spectaculaire comme la musique de Tamás ou nos complaintes mythomanes avec Moussa, soit de rehausser un peu leur image, pour les autres ou pour eux-mêmes. C'est pas un scoop ce que je vous dis là, mais moi j'ai réalisé très tard que la générosité désintéressée c'est du pipeau complet. Le pire c'est sûrement les religions avec leur connerie d'au-delà qui donne les plus grandes hypocrisies : l'aumône, ça leur achète un billet pour le paradis ! Ils ne pensent qu'à ça quand ils vous filent la pièce, qu'à leur foutu paradis ! Mais tout ce cinéma a du bon et les Roms l'ont compris quand ils attendent sagement la sortie des fidèles, sur les marches de l'église. Oh ! Il y a de quoi remercier l'au-delà tous les dimanches après la messe, quand Tamás et ses amis reviennent avec les poches bien remplies ! Comme quoi leur Dieu peut se rendre utile et nous remplir un peu la panse… Donnez, donnez, fidèles, c'est bon pour le salut des âmes !

— T'as vu qu'ils ont coupé le gaz, hier ? demande Philippe en me jetant *Le Parisien*. Après les sécheresses de l'été dernier, maintenant c'est le chauffage…

— Pour nous ça change quoi ?

On s'est regardés sans rien dire et puis on s'est marrés. C'est rare que les situations de ce genre nous profitent à nous… Là ça nous profite en rien mais ça rééquilibre un peu les choses, comme ça nous atteint pas. Alors on a le droit de s'en réjouir un peu, pour une fois. On a même le droit d'en rire car quand c'est la canicule nous on crève sur le goudron ! La chaleur à la rue c'est terrible car après l'hiver, les associations baissent la garde. On peut s'abriter nulle part, on peut rien faire d'autre que suffoquer ! Philippe dit toujours que s'il y a une chose qui va le tuer c'est cette putain de fournaise que devient la Terre. Le climat qui change, ça l'obsède et ça le terrifie. D'ailleurs pendant les canicules, on le voit même plus et je crois qu'il a trouvé une planque au frais qu'il veut partager avec personne pour des raisons de survie. Ça c'est typiquement un trouble de la vieillesse que de vouloir toujours tout anticiper, et vous imaginez bien que le fait d'être un clochard ça n'arrange pas les choses. Très honnêtement il m'angoisse, Philippe, avec ses histoires de survie de l'espèce humaine ! Comme si on n'avait pas d'autres problèmes à gérer comme par exemple notre survie à nous.

— Tu trouves pas ça marrant, toi, qu'ils aient plus le chauffage ? Imagine-les, tout grassouillets, qui tremblotent sous leurs couettes ! T'as l'image, Philippe ? T'as la vision de leurs dents qui claquent ? Moi j'adore qu'ils se les pèlent un peu, ces gros bourges, ça me fait jubiler et je crois même que ça me réchauffe !

— C'est marrant deux minutes... Sois pas bête, fiston, c'est l'humanité tout entière qui est menacée.

— T'es pas drôle, Philippe...

— Mais l'avenir n'est pas drôle, pas drôle du tout ! Et y a pas que les riches qui souffrent. T'as pensé aux familles nombreuses dans leurs HLM, sans chauffage électrique ?

On peut vraiment pas rire avec Philippe. À mon prochain coup de mou, rappelez-moi de surtout pas lui rendre visite.

— Toi tu veux faire quoi plus tard ? Enfin... je veux dire... est-ce que t'as des rêves ? me lance Philippe.

Est-ce que j'ai des rêves ? C'est quoi cette question moisie ? Surtout si c'est pour enchaîner avec la planète en danger qui va tous les briser. Je le connais par cœur... Est-ce que j'ai une tête à rêver ? Il est con ou quoi, Philippe ? On n'est pas tous comme lui avec le luxe de pouvoir rien foutre sans se torturer l'esprit, sans vouloir se tuer quelques minutes après, tellement les pensées sont horribles. J'en peux plus de ces discussions à la con.

— Non, Philippe. Aucun rêve. Je suis plutôt à l'aise dans la rue et je compte y rester. Une autre question ?

— Pourquoi tu t'énerves, fiston ? Non ! Reste un peu s'il te plaît, pars pas...

Mais là c'était trop. Moi je veux juste discuter de choses

simples et légères mais c'est pas possible avec ce vieux fou qui se sent obligé de toujours me les briser avec ses pronostics et ses catastrophes. Le pire c'est en période d'élections, quand il me parle de politique : il comprend pas que sa droite et sa gauche, je m'en cogne. La politique c'est comme le chauffage : en quoi ça nous concerne ?

« T'es un imbécile inculte ! Tu les laisses tout détruire sous prétexte que t'es à la rue ! J'en reviens pas que tu sois pas allé voter, j'en reviens pas... », qu'il m'a lâché la dernière fois. Alors on s'est engueulés très fort parce que j'en ai marre de me la fermer face à Philippe sous prétexte qu'il est vieux. Non, j'ai aucune confiance en la politique donc non, j'ai pas voté pour la gauche. J'ai pas voté tout court et je vais même vous dire : si j'avais dû voter, j'aurais voté Macron. Ce qui est drôle avec Macron c'est qu'il a pas l'air très soucieux de la planète qui brûle donc je me dis qu'avec lui on en finira plus vite avec cette connerie d'espèce humaine... Avec Macron, ça chauffe ! Là, je suis bourré.

N'empêche que c'était bizarre à la fin comment Philippe m'a retenu... D'habitude il s'en fout quand je me barre, c'est la routine. On va dire que trop de solitude c'est jamais bon, même pour les habitués. La rue l'hiver ça nous rend tous un peu barges.

J'avais des rêves, Philippe, des rêves qui sont devenus des tristes souvenirs. Tristes et risibles tant c'est difficile de réaliser qu'un jour, j'y ai cru. Tout fier, j'ouvrais le placard, saisissais la farine et courais la donner à Jonas qui fabriquait la pâte, les yeux fixés sur la recette. Sous le regard attendri de maman, on passait nos week-ends à préparer des gâteaux. Je dis « on » car Jonas me donnait quelques rôles pour m'impliquer dans la fabrication mais en réalité, il faisait tout : c'était lui, le futur pâtissier ! Entre deux petites missions, je restais assis sur le grand tabouret. Je l'observais battre les œufs, découper les fruits comme un chef, introduire sa préparation dans le four avec un grand sourire puis me taper dans la main pour me féliciter comme on félicite son coéquipier. Je me disais qu'il serait le meilleur chef du monde, mon grand frère, et moi son plus fidèle assistant. Je me disais qu'un jour on aurait notre pâtisserie, à Ivry, que les files d'attente seraient si longues que maman serait soulagée pour toujours. Et quand il est devenu chauffeur VTC, je pensais que c'était provisoire. Il me disait : « Ne t'inquiète pas, petit : ce job-là, c'est temporaire. Bientôt on se dédiera entièrement à nos pâtisseries, tous les deux… »

Bien sûr que j'y ai cru.

Il y a même eu cette photo que maman a prise de Jonas en face d'une immense tarte aux pommes, et ses yeux fiers qui fixaient la tarte en la montrant du doigt, pour la pose. Moi j'étais près de Jonas et c'est lui que j'observais, malgré les invitations sourcilleuses de ma mère à regarder l'objectif et celles de Jonas à regarder la tarte. Mais c'est l'artisan de la tarte que je voulais contempler, mon grand frère et son talent, notre gloire à venir. Cette photo, je l'ai gardée plusieurs mois comme fond d'écran de mon portable, à mon arrivée dans la rue. Les premiers jours, elle me faisait tenir et supporter la solitude. Jonas et la tarte, Jonas et l'avenir, le sourire de ma mère derrière l'écran ; sur ces visions reposait ma force. Puis les jours ont passé. L'image de Jonas et la tarte s'est liée à celle du destin qui s'envole, des rêves qui s'évaporent, de l'attente assommante des appels de ma mère qui n'arrivaient jamais. Cent fois par jour je guettais l'écran noir, espérant qu'il s'allume et que l'immense « Maman » vienne illuminer la vitre. « Balayez pour répondre », qu'il aurait affiché, cet écran de malheur où s'écoulaient les heures, les jours, les semaines : rien.

J'en ai rêvé, de cet appel. Elle m'aurait dit « Tout s'est arrangé, chéri : Jonas a réparé ses dents, et plus jamais tu le verras picoler. Ni picorer, d'ailleurs. » Elle aurait ricané de sa blague, ce petit jeu de mots qui aurait brisé nos malaises – elle savait bien que j'avais surpris Jonas, sur la Colline... Puis mon frère aurait saisi le téléphone et crié : « Dépêche-toi, petit, j'ai fait le plat que tu aimes. » Le plat que j'aime ? Il y en a tellement, Jonas... J'aurais couru vers Ivry, le souffle éteint, la gorge sèche, le ventre vide et rempli de bonheur. Fin du cauchemar.

Fin du rêve. Je n'ai reçu qu'un message de ma mère, une semaine après avoir quitté l'appartement de Léo :

*Mon fils,*

*Je t'écris ce message pour que tu saches où nous en sommes, ton frère et moi.*

*Tout n'est pas facile. Parfois, je passe devant notre immeuble à Ivry et je regarde l'appartement, au-dessus de nos têtes. C'est triste ; je sais que tu y tenais. Comme je voudrais t'avoir devant moi, te serrer dans mes bras comme avant, te dire que tout est rentré dans l'ordre. J'aimerais te dire que notre maison t'attend, avec ses mêmes meubles et ses mêmes objets qui, depuis votre naissance, n'ont pas vieilli d'un trait… Mais aujourd'hui, je dois aider Jonas.*

*Tu es malin, mon fils, tu comprends les choses. Tu connais ton frère et tu l'as observé depuis tout ce temps que nous vivons tous les trois, dans ce petit espace. J'ai voulu te préserver mais tu comprends les choses, je le sais : en ce moment, la vie n'est pas tendre avec lui. C'est comme ça, c'est une mauvaise passe et je ne veux pas que tu t'inquiètes : au fond et dans l'absolu, ton frère et moi, nous allons bien.*

*Le jour où Jonas sera guéri, tu recevras un appel. Et à l'autre bout du fil il y aura maman qui t'annoncera qu'on a récupéré l'appartement, que la galère est finie pour de bon. Alors tu remercieras la famille de Léo de t'avoir hébergé pendant quelque temps, tu feras tes bagages et tu prendras la 7 en direction d'Ivry, qui est notre chez-nous. Ce jour arrive à grands pas, mon fils, alors garde ton téléphone allumé et surveille-le bien : maman s'occupe de tout.*

*À très bientôt,*

*Ta mère qui t'aime.*

Au départ, le message m'a soulagé. T'es seul, dans la rue, tu lis que quelqu'un t'aime alors tu souris forcément… Surtout quand c'est ta mère et que tu n'attends qu'une chose : son appel, un retour en arrière, un *comme si rien ne s'était passé* ; fin du cauchemar. Puis j'ai relu ce message. Une fois, deux fois, trois fois. Ai-je autre chose à faire ? Quatre fois, cinq fois, dix fois : c'est un peu court, « nous allons bien »… Elle aurait pu développer. Et puis ça veut rien dire, « aller bien »… C'est même la phrase qu'on dit quand tout va mal. Et ce « Parfois, je passe devant l'immeuble », il est terrifiant ! Où dorment-ils, si c'est pas dans l'immeuble, si c'est pas dans l'appartement ? Et pourquoi parle-t-elle des meubles ? Parler des meubles et du « chez nous », regarder l'appartement d'en bas, fantasmer le futur qui serait un retour en arrière, dire « la galère » : en voilà des réflexes de clochard qui bave sur sa vie d'avant ! Elle est à la rue, c'est sûr. Ma mère est à la rue. D'où son silence. D'où son appel qui n'arrive pas.

Suite à ce message, j'ai squatté l'abribus de la rue Monge pendant des jours, en attendant l'appel. Les abribus ont deux fonctions : te permettre de brancher ton téléphone gratos et te donner l'air d'un citadin comme un autre qui patiente pour le bus. Mais il y a des clochards qui passent et te regardent mal. Ils ont compris l'arnaque. Tu veux pas devenir eux ; ils le savent. De toute façon, rien à foutre : ma mère va m'appeler d'une minute à l'autre et je serai plus là. Je serai dans ma maison d'Ivry, loin d'ici. Et quoi, c'est pas normal de vouloir fuir la vie de chien ? Je veux pas de ce monde. Partir au plus vite. Surtout : ne pas sympathiser, ne me faire aucun pote. Aucun lien. Rien qui m'enlise. Rester dehors, un pied dehors, ou deux pieds, si possible. Aucune attache : ma mère m'appelle et je me casse, fin de l'histoire.

À chaque instant, le téléphone peut sonner. Il y a Jonas et la tarte sur ce fond d'écran que j'ai trop vu. Je retournerai pas chez Léo, j'ai déjà squatté deux semaines et c'est beaucoup trop. Je peux tenir ici quelques jours car bientôt je recevrai l'appel. Jonas et la tarte. Un jour, deux jours, trois jours. Jonas et la tarte. Et l'appel ? Une semaine, deux semaines, encore des jours et des heures. Jonas et la tarte.

J'ai jeté le portable à la Seine.

Il est bientôt deux heures du matin, ce qui veut dire que dans environ cinq heures l'armée de jeunes jambes va revenir me piétiner donc il faut prendre des forces dès maintenant. Vous vous demandez sûrement pourquoi je change pas de spot si c'est pour me faire écraser de bon matin mais c'est parce que vous connaissez rien à la loi des spots donc je vais vous l'apprendre. Faut pas croire qu'on dépose nos affaires comme ça, sur le petit bout de terrain qu'on préfère et que les choses sont réglées : dans la rue, un bon petit coin pour dormir ça se gagne au cran ! Tout d'abord il faut bien chercher pendant quelques jours et le parcours est semé d'embûches… J'ai compris à quel point c'était dur quand je me suis fait botter le cul à six heures du matin par un restaurateur de la place Maubert sous prétexte que je dormais sur sa propriété privée ou quand les flics m'ont viré du petit jardin vers Mouffetard alors que j'emmerdais personne, sur mon banc.

T'emmerdais personne mais tu tranches avec le décor, imbécile ! Sur la Colline avec ton frère et tous ces fous, là tu serais comme un coq en pâte…

Le pire de tout, ça reste les gros pics très pointus sur le sol, dans les endroits un peu confortables autour de la Sorbonne. On m'a dit qu'ils servent à dissuader de s'installer mais vu leur taille ça ressemble quand même un peu à des menaces de mort. Je pense que vous n'avez jamais remarqué ces pics mais c'est parce qu'ils sont fabriqués de telle sorte qu'on les prend pour de la décoration: ils sont marron avec des formes un peu artistiques. Presque jolis, ces pics tueurs! Parfois je réalise que des gens sont payés à établir des stratégies aussi élaborées juste pour nous empêcher de dormir au calme. Ils sont prêts à tout pour la « tranquillité des riverains » comme par exemple nous exclure complètement de l'espace et je trouve que ça fait peur. Encore heureux qu'on veuille pas d'un crasseux comme toi devant son immeuble… Ta gueule! Je veux plus t'entendre!

Alors je vais pas me plaindre de mon coin sur la rue Saint-Jacques. C'est vrai qu'il est au milieu du trottoir et que tous les matins c'est la pagaille mais l'avantage de dormir sur un endroit comme ça, c'est qu'il est pas convoité. Car les clochards se multiplient et c'est de plus en plus la guerre pour se dénicher un petit espace. Le plus gros chanceux c'est Philippe avec son cinq mètres carrés en plein sur la place du Panthéon: ça fait des années qu'il dort à côté des grands hommes, ce salaud! Et il a évité la concurrence, comme il est arrivé ici avant tout le monde. N'empêche qu'il ne laisse jamais son coin sans surveillance, Philippe, et avant chaque balade il étale son grand blouson sur tout l'espace pour bien marquer son territoire. Moi je pourrais ni avoir un poids aussi lourd sur la conscience ni laisser toutes mes affaires dans la rue car ici le vol ça fait partie du jeu. Et puis je suis pas comme monsieur le grand lecteur: j'ai besoin de bouger souvent, sinon je crève d'ennui. Donc je me déplace toujours avec mon gros sac et c'est plus sécurisant.

Contrairement à Philippe je sais qu'on me prendra jamais mon espace pourri de la rue Saint-Jacques car il faut vraiment être impudique pour oser dormir là-bas. Comme ça, je suis tranquille.

Je vais donc retrouver le nid qui ne plaît qu'à moi, ce petit bout de trottoir qui m'est cher car je l'ai inventé à partir de rien. Il faut un certain génie pour se créer des espaces à des endroits où personne n'aurait envisagé qu'on dorme et moi je dis que tout clochard finit par devenir architecte… T'es pas un architecte et t'as pas de nid douillet ! T'es qu'un rat qui a trouvé son trou, son trou à rat !

À deux doigts de regagner mon petit chez-moi, je rencontre un parapluie ouvert qui tient presque debout sur le bord d'une boutique. C'est fou qu'il tienne comme ça, immobile sur la paroi d'un commerce en ruine. Il est pas là par hasard, ce parapluie noir, y a forcément un truc en dessous. Et si je regardais ? C'est dangereux de regarder, t'en as pas marre de faire toujours les mauvais choix ? T'es là, t'es déchiré, tu traînes ton corps assommé par la vue perpétuelle du goudron, tu marmonnes des trucs à toi-même et malgré ça tu veux soulever ce parapluie ? Tu crois pas que t'es déjà dans la merde ? Tu crois pas que… J'ai dit : ta gueule !

Je pose à peine trois doigts sur le parapluie noir qu'une espèce de grosse tête surgit de nulle part. Pas contente, la grosse tête :

— Tu veux quoi ? Dégage ou je te plante !

C'est quoi ce poignard dans sa main ? On rigole pas avec les clodos armés donc je recule un bon coup :

— C'est bon, c'est bon, rien du tout. Je voulais juste regarder le parapluie... Faut pas s'exciter comme ça... Y a aucun souci, chef, je m'en vais maintenant.

Puis je fais demi-tour. Un demi-tour adroit, confiant, discret, sans regarder derrière, en espérant que la grosse bête au parapluie ne me saute pas dessus pour m'égorger vif. Mais quelques secondes plus tard :

— Attends ! Reviens voir deux minutes...

Quoi encore ? J'ai fait ce qu'il faut faire avec un fou armé : j'ai montré patte blanche avec un ton rassurant. Au bout d'un an à la rue, on sait y faire avec les détraqués.

— Oui ?

— Approche et regarde-moi.

— Je dois rentrer.

— J'ai dit : approche !

C'est difficile de pas obéir quand un taré vous pointe avec un couteau. Si j'obéis pas il me saute dessus et les rigolades avec Tamás et les sourires de Moussa c'est fini pour de bon... Si j'obéis c'est pareil mais je pars avec dignité car j'ai pas montré ma peur. Et puis merde, j'ai bu trois bières donc je sentirai pas la douleur... Lentement, j'approche mon visage de cet être à carapace ; le parapluie recouvre tout son corps jusqu'à ce que, d'un coup sec, il le referme et laisse apparaître devant moi ce pauvre corps en boule, recroquevillé sur la paroi du magasin (le genre de petits balcons discrets qui échappent toujours à la traque aux vagabonds). Et puis il me pose une question terrible qui n'a l'air de rien, comme ça, mais avec un couteau juste devant ma tronche, ça change un peu la donne :

— Regarde mon visage et mon corps, puis réponds-moi : suis-je un homme ou une femme ?

Il manquait plus qu'elle ait un sexe, la bête à parapluie ! J'ai devant moi un visage à en oublier l'amour avec des cernes comme ça et des endroits plus noirs que les autres, une peau écorchée qui me rappelle la Colline et des cheveux très courts, mal tondus. Son corps est sec et tout plat, trop serré par une doudoune bleu foncé qui est l'ultime couche d'une série infinie d'autres couches aux couleurs les plus sombres ; il y a tellement de manteaux sur ce corps que tu pourrais lui mettre un coup de couteau en plein sur le ventre qu'il ne sentirait rien. C'est comme un gros sapin sous plastique ou un énorme sac trop rempli. Cette carcasse emmitouflée, un sexe ? Alors je tente un truc avec le sentiment de jouer mon existence à pile ou face :

— Un homme. Vous êtes un homme, pour sûr !

Et d'un coup, par miracle, ses traits se délient. La créature se lève en criant de joie, file tout droit dans mes bras et se met à serrer mon corps apeuré qui pue la bière et colle à mort à cause de mon pull qui sert à tout essuyer (il faut vraiment du courage, pour oser ce câlin…). Et elle rit, et elle rit, et dans son euphorie retire ses chaussures, les jette au loin, me dévoile ses orteils au vernis rouge et abîmé en hurlant : « C'est raté ! »

Là c'est clair : on me prend pour un con et je suis clairement son jouet. Il avait pas tort, Moussa, avec son histoire de *street cred* : je fais peur à personne et c'est toujours moi qu'on martyrise. On s'amuse avec ma vie en me faisant répondre à des questions pièges en face d'une arme blanche et c'est vraiment tordu comme jeu… Je te l'ai dit : t'es pas fait pour la rue, toi ! T'es qu'un petit garçon des salons qu'on sort pas dans la rue ! Moi je voulais pas jouer à son jeu et elle me fait peur, cette sadique ; je veux rentrer chez moi. T'es con ou quoi, t'as pas de chez-toi ! Tu veux pas appeler ta mère, aussi ? J'en peux plus de t'entendre : ferme ta gueule !

Si j'ai bien appris une seule chose dans la rue, c'est qu'il faut pas montrer sa peur sinon c'est foutu, alors je tente la colère. C'est presque aussi dangereux mais au bout d'un moment c'est la rue et gueuler c'est la seule façon de se faire un peu respecter :

— Tu trouves ça drôle ? Qu'est-ce que j'en ai à foutre que tu sois une femme ? Maintenant fous-moi la paix et range ton putain de couteau !

— Oh… Faut se détendre, un peu…, me lance-t-elle avec une voix beaucoup plus douce. Assieds-toi à côté de moi, si tu veux bien…

C'est la dernière chose que je veux mais comme elle a rangé son poignard dans son sac on peut dire que c'est un pas vers moi, peut-être… Je crois qu'elle veut que j'aie confiance et y a quelque chose de gentil dans tout ça. Et puis faudrait savoir ! Tu voulais de l'action comme à la Colline : t'es servi !

— T'as l'air d'un gars bien, me dit-elle en me proposant une clope que j'accepte sans hésiter. J'ai dû te faire peur et je suis désolée pour ça. Tu m'en veux pas, hein ? Dis que tu m'en veux pas.

— Non, c'est bon.

— Tu m'en veux, c'est sûr.

— J'ai dit que non, alors faut pas me fatiguer !

Ce petit haussement de ton, c'était juste pour sauver l'honneur. Et puis j'ai plus rien à craindre maintenant qu'on a chacun sa clope au bec, donc autant prendre quelques libertés… Il y a ce grand silence entre elle et moi, cette distance d'un mètre qui ne diminue pas au fil des minutes, comme si le couteau et le parapluie étaient sa seule armure et que désormais la femme était nue, méfiante et silencieuse. Silencieuse pendant de longues minutes passées à entendre fatalement la scansion du temps par les quelques voitures qui circulent dans la nuit, à regarder ses yeux fixer le sol, ses deux yeux marron coiffés de beaux sourcils noirs et abondants qui sont une forêt, une immense forêt qui t'emmène loin, très loin du bitume sec. Elle a de jolis traits, sous cet amas de crasse, si tu oublies les cernes et son regard endurci. Ses lèvres sont tristes, abîmées par l'angoisse et par le froid ; mais un petit effort d'imagination suffit à les visualiser quelques années plus tôt, quand elles étaient vivantes et roses ; à les visualiser *avant*. Avant quoi ? Avant la rue, avant les premières nuits passées dehors, quand elle sautait les repas pour dormir à l'hôtel avec l'argent de la manche, à l'hôtel délabré qui voulait bien d'elle pour trois sous. Puis la faim c'était trop dur. Et dans l'arbitrage entre la bouffe et le toit, on a beau faire semblant deux minutes mais c'est toujours la bouffe qui triomphe, qu'elle m'a raconté. Elle a pas tort.

Entre elle et moi, il y a un mur. J'ai jamais ressenti ça avec aucun clodo. D'habitude ça discute quelques minutes, ça parle de la vie du quartier, des endroits où les passants donnent du fric et puis voilà, on est déjà potes. Là c'est pas pareil… Il y a cette barrière infranchissable entre nous ; on se regarde même pas dans les yeux et je sais toujours pas pourquoi elle m'a pris d'assaut tout à l'heure en me posant cette question bizarre : « Suis-je un homme ou une femme ? », pourquoi elle a sauté de joie quand je l'ai prise pour un homme… Surtout qu'elle était partie pour me trancher la gorge si je répondais mal : ça va pas bien dans sa tête, il faut que tu partes ! Tu seras jamais pote avec elle, on n'est pas pote avec les dingues aux armes blanches… Et je te le précise au cas où t'aurais des idées derrière la tête : il ne se passera rien non plus avec elle, mon pote. La rue t'a rendu froid, rigide et tout sec, la rue a glacé tous tes désirs et t'es plus capable d'aimer personne. Alors, pourquoi tu restes ? Ailleurs je suis seul, ailleurs c'est le retour du fardeau qui va me rendre dingue. En restant près d'elle, je perds rien. Alors je reste.

Après de longues, de très longues minutes silencieuses où j'ai tenté plusieurs questions sans réponse et c'est flippant ce genre de silences, elle se met à marmonner quelques phrases anodines. Puis elle me parle des paiements sans contact qui se répandent et qui rendent difficile de savoir s'ils vous mentent avec leurs « Désolé, j'ai rien sur moi ». Selon elle, la carte bleue s'est répandue exprès pour pouvoir ne plus rien donner aux clochards et avec la conscience tranquille en bonus parce qu'ils ont « rien sur eux ». Je trouve qu'elle a l'esprit tordu, je lui dis et ça la fait marrer. Elle ajoute qu'elle va même jusqu'à faire la manche à côté d'un distributeur, comme ça plus d'excuse. Je sens qu'elle est maline alors on peut s'entendre.

Maline et débrouillarde comme le trio de voyous qu'on fait, Moussa, Tamás et moi, dans les rames de métro : elle doit rejoindre le groupe ! Et puis faut pas qu'elle reste seule ici, sur son spot, à faire la manche en solitaire. La manche en solitaire, ça rend fou, ça détruit le cerveau par petits bouts… Tamás avait un vieil oncle qui restait toute la journée sur l'escalier de la station Cluny-La Sorbonne, à mendier seul. Tout seul, devant tous les passants qui affluent par dizaines et sont pressés, si pressés que c'est sûr et certain qu'ils en ont rien à foutre, de ta gueule. Son style de manche à lui c'était de s'adresser à chaque passant, sans exception, par un « M'sieur ! », par un « M'dame ! », en s'efforçant de capter chaque regard. Mais dans ce genre d'espaces où les passants coulent à flots, il y a de quoi devenir fou : c'est la pire des méthodes… « M'dame ! », « M'sieur ! », « M'sieur ! », M'dame ! », « M'sieur ! » à chaque demi-seconde pendant des heures et des heures… Et y en avait pas un pour lui répondre. C'était le pire des spectacles, m'a raconté Tamás qui était resté un jour entier à l'observer de loin, obsédé par sa rengaine, par l'effacement progressif de l'esprit de son oncle face à son pot, tout seul face à ces quelques mots qu'il connaissait du français : « M'sieur ! », « M'dame ! », ces mots qu'il répétait en boucle comme une pendule inlassable, comme un robot devenu fou. Au bout de plusieurs mois, l'oncle s'est mis à rentrer sur la rue Cujas en répétant « M'sieur ! », en répétant « M'dame ! » sans aucune raison, puis seul sur son matelas, au moment de dormir. La manche en solitaire l'a détruit. Mais on s'en fout ! Pourquoi tu racontes ça ? Je raconte ça parce que je laisserai jamais la fille au parapluie devenir une pendule !

— Il faut pas que tu restes seule ici, copine. Demain je vais te présenter mes amis Moussa, Tamás et Philippe. Tamás est un peu turbulent, comme toi. Mais je suis sûr que vous vous entendrez…

En entendant ces quelques mots, la fille sursaute, saisit furtivement le poignard dans son sac et le rend visible dans sa main. En même temps qu'elle le serre de son poing ferme, elle me lance :

— Je crois que t'as pas bien compris, toi… Tu vas me présenter personne, d'accord ? Tu vas gentiment te barrer d'ici, c'est tout ce que tu vas faire. Et si tu balances mon spot à un seul de tes petits copains, je peux te dire que tu vas le recroiser, ce couteau.

Il est tard et les voitures ne circulent plus. On est seuls, dans le froid, assis comme des cons devant la porte de ce bistrot fermé depuis des mois, sur le boulevard Saint-Germain ; assis comme toujours. Comme toujours, assis sur un carton, devant l'entrée de ce vieux restaurant dégradé qui, dans quelques semaines, sera sûrement rénové, transformé en boutique de vêtements ou de bougies parfumées ; en boulangerie, peut-être. Comme s'il n'y avait pas assez de boulangeries, vers Maubert : ici, à chaque coin de rue tu peux t'acheter des baguettes ! C'est quand même fou... Assis tous les deux, avec la fille aux cheveux courts qui me pointe avec son foutu couteau pour la deuxième fois de la soirée : qu'est-ce que j'ai dit de mal, encore ? C'est la faute à l'ennui, tout ça... Comment tu passes d'une gentille proposition à des menaces au couteau, si c'est pas la faute à l'ennui ? Je devrais lui obéir, m'enfuir pour de bon puis retrouver ma rue Saint-Jacques où tout est plus calme, où la chaleur épaisse de mes très chers égouts vient envelopper mon corps et me rendre invincible – je devrais fuir.

Mais il y a devant moi ces deux grands yeux qui en ont vu des belles, qui en ont vu, des histoires à dormir debout !

C'est certain qu'ils en ont vu des belles, ces deux grands yeux qui ne fixent les miens qu'au moment où elle approche son poignard de mon nez, la dangereuse ! Sinon, ces yeux sont ailleurs, dans le vide ou sur le sol : autre part... Ils sont logés dans des souvenirs à peine imaginables tant son regard est aguerri, tant l'épaisseur de ses cheveux rasés s'impose comme une muraille. Quand je vois ce visage éprouvé par les luttes immortelles contre l'hostilité du monde, je repense à cet autre regard qui dissimulait des tempêtes, celui de tous les soirs quand je rentrais du lycée : c'était la mine apaisante de ma mère et son gentil sourire, ce petit geste de la main qu'elle faisait pour que je m'approche d'elle. C'était bon, de tomber sur ce sourire ; c'était ma seule éternité, ce sourire... Alors je venais la voir et je racontais ma journée, dans le salon aux deux canapés ; là où on a tant flâné, elle et moi, quand Jonas était ailleurs. Je m'étais souvent demandé si c'était un déguisement, ce sourire, un joli masque qu'elle enfilait dès qu'elle me voyait franchir la porte de l'appartement. Et le jour où je suis rentré de la Colline, où ma mère ressemblait à un comédien qui a mis son costume à l'envers, à un clown trahi par ses larmes, j'ai compris qu'elle avait joué la comédie pendant des mois, pour préserver mon innocence, mon *ignorance*.

Je suis plus un gosse ! J'ai vingt ans, désormais, et les choses on me les cache plus ! Ma mère a voulu cacher les choses et voilà comment ça a fini... On veut préserver les êtres en camouflant les épreuves, et on finit sur le trottoir avec un petit pot. J'aurais pu l'aider, Jonas, quand il était encore temps. L'autorité de maman l'agaçait : d'un revers de main, il balayait les mises en garde et s'emportait dans les colères. Je les entendais crier dans la chambre puis commencer à chuchoter dès que mes petits pas discrets se faisaient entendre en écrasant la mauvaise dalle du plancher. J'aurais pu parler à Jonas, moi ; lui dire de dissiper sa honte car il est mon grand frère et que je l'aime, qu'on trouverait des solutions, ensemble, pour le sortir de l'enfer, que ses souffrances sont les miennes… J'aurais pu lui dire, tout ça, si ces deux-là n'avaient pas choisi de me traiter comme un gosse, comme un petit demeuré auquel on dissimule tout, *pour son bien.* Mais aujourd'hui, les choses on me les cache plus ! Je veux percer tous les secrets de ce visage fermé, de ce corps qui se déguise en homme pour se protéger de je ne sais quoi : je finirai par comprendre !

— C'est quoi le problème, si je te présente mes potes ? Tu veux vraiment rester là, à mendier toute seule et à te laisser ronger par le gris du bitume ? On n'a qu'à leur dire que t'es un homme, si tu préfères : ça a bien marché, avec moi… Voilà ce qu'on peut faire : leur dire que t'es un homme !

Alors, par miracle, comme si j'avais trouvé les seuls mots justes, comme si ma proposition naïve avait su percer le secret de cette femme brisée, ne dormant que d'une oreille et prête à bondir pour m'égorger, déchirée par la peur des hommes qui l'ont détruite, écœurée par tous ceux qui ont fait d'elle cette bête agile et méfiante, elle laisse tomber son couteau sur le sol, dépose sa tête dans ses deux mains et, à l'image de ma mère lors de cette journée terrible où tout s'est effondré, se met à verser des larmes – j'entends les sanglots qui résonnent, dans le creux de ses mains. L'immense muraille qu'elle a bâtie entre elle et les autres, entre elle et les hommes qui sont des loups, des monstres, semble enfin s'écrouler.

— Je veux plus voir personne ! qu'elle me lance, la tête encore enfouie dans ses mains. Je veux rester sous ce parapluie, loin des porcs ! Et s'il y en a un seul qui vient me sonner, je le plante, je l'égorge comme on égorge un petit porc !

— Je dirai à personne que tu dors ici, copine. C'est pas grave si tu préfères être seule : chacun se débrouille comme il veut... En tout cas je te balancerai pas, tu peux me faire confiance.

— C'est promis ? dit-elle en levant la tête.

Ses joues sont encore luisantes, mais elle ne pleure plus.

— C'est promis.

— C'est pas contre toi, tu le sais ? J'ai vécu des sales choses sur ce trottoir, et je suis pas capable d'en parler.

Face aux âmes bousillées, tous les mots sont des lames pouvant réduire à néant le petit édifice de confiance que l'on a su bâtir, tous les deux. On se tait depuis de longues minutes, les yeux fixés sur le bitume. Tu m'as parlé, à demi-mot, sans tout me dire. Tu m'as menacé de mort à deux reprises, mais je n'ai plus peur. Ton couteau est sur le sol, proche de mes pieds, loin des tiens. Je suis bien, près de toi...

Et comme on est tranquille, après une crise de larmes ; tout est plus calme, tout est plus doux.

C'est quand même dingue d'en être à se déguiser pour dormir en paix, loin des loups. Et c'est quoi cette injustice que tu puisses pas être une femme à l'aise, peinarde, à la rue comme tout le monde ! Tout le monde devrait pouvoir dormir dans la rue, ça devrait être le premier droit constitutionnel ou quelque chose comme ça. Et c'est reparti pour tes pensées à la con… « Le droit à la rue », tu dis ? T'es vraiment…

Elle s'appelle Élise, la fille aux cheveux courts, et je reviens la voir tous les jours, et elle me rend visite aussi, sur mon coin de la rue Saint-Jacques. On discute pendant des heures, on rigole sur les passants qui jouent à s'occuper dans cette vie qui est en fait un cinéma géant où les démarches assurées, pressées, ne sont que de la pure comédie pour se laisser croire à un sens des choses. Je vous épargne les détails de nos réflexions pas très originales mais je vous promets qu'on dirait ça, vu du trottoir. On dirait plein de petites fourmis qui vont et viennent pour construire leur maison géante où chacun a ses petites fonctions, ses petits rôles qu'il prend très au sérieux. Trop sérieuses, ces petites fourmis concentrées sur leurs petits objectifs, sur leurs tout petits projets qui sont des tout petits segments du monde et qu'ils prennent pour le Tout. Avec Élise, on discute.

En quelques jours, Élise est devenue le plus grand souffle d'air au sein de mon existence, la personne de mes plus beaux instants et elle est même passée devant les délires d'escapade dans les rames du métro ou le coup des gobelets. Pourtant j'aimais vraiment les conneries de ce genre, depuis tous ces mois que je suis dans la rue j'ai jamais su m'en passer, ça fout du piquant dans les jours qui se ressemblent, ça met du coloré dans le gris (ou dans le jaune, pour faire plaisir à Moussa), malgré le risque. Ou *grâce* au risque, plutôt. Le risque de croiser la « RATP sûreté » qui est la raclure des raclures, la substance filtrée et refiltrée du plus gluant, du plus visqueux, du plus crapuleux de ce monde : ceux qui traquent les accordéons par pure satisfaction d'éteindre la musique ; ceux qui promènent leurs tenues d'astronautes armés de matraques avec un plaisir qui se lit dans leur démarche de cow-boys, de shérifs, de gardiens de la paix, la paix incarnée par leur gun apparent, le gun qui est leur graal et qu'ils ont pu obtenir au terme de longues et laborieuses études d'une durée de… quatre mois ; ceux qui nous parlent comme à des chiens ! La dernière fois, ils ont viré Tamás en le poussant du wagon avec un sens de la procédure si scrupuleux qu'après l'avoir littéralement cogné pour quelques notes de musique, ils ont repris leur discussion du départ sans un seul mot sur ce qui venait d'arriver :

– Tu sais bien que je préfère Ronaldo… T'as déjà vu un mec qui claque dix-sept buts en une saison de Ligue des Champions ? Eh ben non, t'en as jamais vu parce que c'est le record. Ce gars-là c'est trop la gagne, c'est trop la mentalité de bosseur qui lâche rien. Moi c'est ça que j'aime dans le sport : les bosseurs qui lâchent rien.

— Mais arrête un peu tes conneries, y aura jamais plus talentueux que Messi. Y a même pas débat, Fred', alors arrête un peu…

Pendant ce temps, Tamás était par terre, près de son accordéon brisé.

Remplacer dans mon cœur ce jeu du chat et de la souris avec ces flics de second rang, c'était pas gagné. Pourtant, Élise l'a fait. Et par le seul moyen de son esprit, son esprit qui est une éponge à sentiments, une machine à cerner les autres. Notre relation prenait le sens inverse de celles qui commencent en surface puis se creusent à mesure que le temps passe : des confidences prématurées sur les violences nocturnes qui l'avaient changée pour toujours, nous en sommes venus aux analyses des passants, aux devinettes sur ce que pouvaient être leurs vies, à tous ces passants. Et c'était drôle, léger, rassurant. Elle m'avait dit : « Savoir comment t'as fini là, c'est bien la dernière chose qui m'intéresse. Ce que je veux, c'est que dans cet immense bordel on trouve un peu de vie, ensemble. » La rue ça s'explique pas, qu'elle disait, la rue c'est *donné*.

*Donné*, comme toi et moi devant ce magasin désaffecté, sans rien savoir du passé qui *ne nous regarde plus*, toi qui es belle avec tes cheveux courts et ta peau crasseuse car je l'aime, ta crasse. À en oublier l'amour, t'as dit ? Et quand elle a pris la plume t'as compris l'amour, pauvre fou, t'as compris l'amour. Comme on est bien, ici...

Avant de me connaître, Élise avait écrit tout plein de poèmes pour passer le temps. Sur la rue, sur les gens, sur le soleil qui se lève en reflétant sur la flaque. Elle m'en faisait lire un par jour et c'était mon événement. Philippe sera vert quand je lui dirai que je sors avec une poète ! Tu diras rien car Élise est ton secret, t'as promis... C'étaient des poèmes sur ce qu'on voit du trottoir, les jolies visions du jour avec un peu de mélancolie car c'est toujours un peu triste, les écrits d'un clochard, et on peut rien y faire. Mais un jour elle m'a dit : « Je te préviens, ce texte est un peu plus sombre que les autres, et il pourrait briser notre pacte sur nos vies passées. C'est à toi de me dire si tu es prêt. » Je suis plus un ado, et c'est pas un poème qui va me déprimer ! Allez, fais-moi lire... Elle m'a tendu un bout de papier légèrement chiffonné avec quelques bosses qui sont le signe d'un papier qui a pris l'eau, et on sentait qu'il en avait fait, du chemin. Sur la feuille, ces quelques lignes rédigées à la plume :

### LE PICHET

*À peine entré dans le bistrot, tu croises le regard du serveur. Nul besoin de parler : il sait ce qu'il te faut. Ta chaise t'attend, en face de cette même table qui croule, chaque soir, sous le poids de ta lourde peine.*

*Il est là ton quart de rouge, ne pleure plus.*

*Un autre quart le rejoint, puis un autre, puis un autre. À quoi bon diviser ? C'est un litre que tu bois, pauvre aveugle ! Tant pis, cela te rassure. Et je t'aime.*

*Et tes soucis s'écoulent dans les flots impétueux de ta gorge, ce trou.*

*Le monde est contre toi, je le sais. Les verres circulent, ils sont d'un rouge qui t'envoûte. Ils pétillent, parfois, et la mousse te regarde. Et l'odeur de la bière, et le glouglou des gosiers, et le rire imbécile des copains du comptoir, et les autres qui en redemandent... Et la soif ! Cette soif éternelle qui t'attrape, te tire et t'enterre.*

*Je voudrais te sauver mais tu as l'air heureux. Et la soif est trop forte. Et je t'aime.*

Pendant quelques secondes, j'ai pas su parler. J'ai regardé le vide en pensant à Jonas qu'il y a des semaines je regardais encore en train de s'enfiler un verre, deux verres, trois verres, et sa peau qui devenait plus rouge, et ses mots qui devenaient plus lourds à mesure qu'il s'enfilait des verres. S'il me fallait expliquer les scènes où Jonas se détruit devant moi, je montrerais ce texte qui dit tout. Je n'avais jamais ressenti ça auparavant : ce poème, j'aurais voulu l'écrire… Sans doute qu'Élise, dans son passé, avait eu un Jonas à ses côtés, un spectacle de feu, de souffrance et de peine que l'on observe avec impuissance. Lui demande pas, c'est pas tes oignons ! Surtout, lui demande pas !

— Dis-moi, Élise, c'est qui ce « pauvre aveugle » ? Tu as le droit de pas répondre, bien sûr.

— Je ne vais pas te répondre. Tu as lu le texte et tu n'as besoin de rien d'autre pour le comprendre : c'est *donné*, on a dit.

— J'ai vécu une histoire comme la tienne, Élise, avec un être cher. Et je veux que tu saches que je te comprends.

— Mais qui t'a dit que je l'ai vécue ?

Les écrits d'Élise étaient devenus trop précieux pour moi, alors je n'ai rien dit ; j'ai respecté son désir farfelu de poétesse qui se tait. Puis un vieillard à costume s'est approché de nous, et m'a donné une pièce : « Continuez de lire, mon ami : vous vous en sortirez ! » T'as fini comme Philippe, bordel, t'es devenu ce clochard qui fait bander les riches.

« Continuez de lire, mon ami : vous vous en sortirez ! » : tu la trouves normale, cette remarque ? T'as abandonné tout amour-propre ou tu comptes te réveiller un jour ? J'en peux plus de t'entendre, et puis j'ai mal au crâne.

J'en ai besoin, des poèmes d'Élise : c'est la seule chose qui maintient mon cerveau à l'endroit. Dans ma tête il y a des images de Jonas qui fait la poule en se grattant le bras, de ma mère au fond d'un caniveau sans nulle part où aller, de Moussa qui se fait racketter sa gaufre par une vieille en guenilles, de Tamás et son accordéon brisé sur le sol pendant que ces deux cons parlent foot, d'Élise dans son déguisement d'homme, pour éviter les loups. Et ce gros con costumé vient me dire ce que j'ai à faire ? À deux doigts de me caresser la tête, celui-là... « Bon chien-chien, le clodo, bon chien ! Toi t'es mon petit pauvre préféré, mon préféré de tous : tu me touches... » Si je trouve pas quelque chose pour aérer mon crâne, je vais déraper.

— Dis-moi, Élise, tu pourrais me prêter ton carnet de poèmes ? C'est la seule chose qui m'apaise et là je sens que je vais très mal.

— Qu'est-ce qui va pas ?

— Il y a cette voix dans mon crâne et j'en peux plus, je vais péter les plombs.

Elle me fait signe de m'asseoir près d'elle, puis se met à me tenir la main, tendrement.

— Et elle te dit quoi, cette voix ?

— Elle est pas sympa, elle pique.

— Elle est là depuis quand ?

— Depuis quelques semaines, je l'entends tous les jours. Au début c'était quelques mots, des bribes. Puis des phrases, des phrases d'une méchanceté dont t'as même pas idée. Je suis plus tout seul dans ma tête, Élise, je suis qu'un fou. La rue m'a rendu fou.

— Dis pas ça... Chacun a une petite voix dans sa tête qu'il a du mal à supporter : ce qui varie, c'est simplement son volume. La tienne parle fort et c'est tout. Il faut parfois savoir l'écouter, cette voix : la mienne me fait écrire. Tiens, lis ce poème...

Élise sort son carnet : c'est ici qu'elle écrit tout, depuis qu'elle vit dans la rue. Elle tourne les pages et s'arrête sur l'une d'elles, en souriant. Je m'approche pour lire :

### L'HUMOUR DES RICHES

*Il n'y a pas de spectacle plus amusant que des riches qui se gavent. Vous voulez rire ? Observez à travers la vitre de ce grand restaurant parisien : vous y verrez des ingénus qui s'empiffrent. Vous y verrez la rencontre fabuleuse entre le calme et la gloutonnerie, le regard apaisé de ces gens qui rentreront chez eux, plus tard, le ventre bien rempli. Vous y verrez cela, cher ami, et vous ne pleurerez pas. Vous sourirez face à leur tranquillité. Puis vous rirez aux éclats. Car ils pensent que nous resterons là longtemps, derrière la vitre, à nous contenter des restes. Voilà qui est tordant ! Ils croient en l'éternité de l'opulence, les naïfs...*

*Ils oublient la révolte. Et cela me fait rire, chaque fois.*

Elle attend quoi, Élise, en te montrant ce poème ? Elle attend que tu rigoles, peut-être, en espérant « la révolte » ; elle attend que ton pétage de plombs s'arrête à la minute où tu lis ces lignes : t'es faible, mon vieux, et personne ne mise sur tes colères !

Mais tu sais pas lire un poème, ou quoi ? Elle te dit tout l'inverse, elle te dit de lever ton cul du trottoir pour aller demander des comptes à ceux qui t'y ont mis, sur le trottoir ; elle te montre le responsable. Tu les vois pas, tous ces volets fermés, sur les immeubles, devant toi ? Bien sûr que tu les vois. Et tu te demandes pas ce qui cloche ? Me dis pas que t'y crois, toi, à cette grasse matinée générale en plein dans la rue Soufflot : il est quatorze heures ! T'es pas débile, tu comprends bien ce qui cloche : ce qui cloche, c'est qu'ils sont jamais là, ces rats de propriétaires, car ils ont d'autres chats à fouetter comme aller vendre des conneries à d'autres connards en cravate à l'autre bout du monde. La rue Soufflot n'est qu'une petite pièce dans leur collection. L'hiver, ils s'en vont ailleurs puis reviennent pointer le bout de leur nez au printemps quand les oiseaux se remettent à chanter, quand les clodos ont fini par crever. Mais s'ils ne sont pas là, pourquoi ferment-ils les volets ? Et à quoi servent les verrous ? Ces appartements sont vides alors je repose ma question : à quoi servent les verrous ? À protéger leurs biens, voyons ! *Ils* protègent leurs biens, *on* se déguise en hommes pour pas se faire violer. *Ils* goûtent aux mille saveurs, *on* s'étripe pour une demi-gaufre. *Ils* skient, *Jonas* skie, mais c'est pas le même ski, c'est pas la même poudre. Je veux plus les regarder d'en bas.

Toi le riche ambulant qui laisses tes appartements vides devant nos baluchons, c'est toi qui as violé la femme au crâne rasé, c'est toi le criminel ! Le voilà, le responsable : c'est le riche qui s'en fout, le riche qui s'en va, loin, très loin de la misère et des clochards qui puent. Tu dérapes… Je dérape ? Regarde bien la scène et dis si je dérape : seul un petit mur en pierre sépare nos corps grelottants de ces appartements inoccupés, à la chaleur épaisse et aux garde-robes bien garnies. Moi, j'ai cet unique pull à capuche qui est celui de Jonas. Ça fait des mois que j'ai pas retiré ce pull ; quand je me regarde devant les miroirs qui traînent, j'ai l'impression de voir mon grand frère et ça me réchauffe le cœur. Il me va comme un gant, ce pull, et je m'en séparerai jamais ! Mais la rue l'a souillé : lui qui était bleu ciel est devenu tout gris, lui qui sentait Jonas ne sent plus que la bière et ce qui est drôle c'est qu'il n'aimait même pas la bière, Jonas. Il aimait tout, sauf la bière.

Alors quand je lève le menton et que je vois les quelques bouts de pierre de ces façades qui me regardent en disant : « Pour goûter à la vie tranquille, il faudra me passer sur le corps » ; que je découvre le poème d'Élise dévoilant une scène que j'ai vécue cent fois – *moi* sur la rue Saint-Jacques avec mes trois biscuits, *eux* derrière les vitrines gluantes et tous les plats fumeux, je réalise qu'on est des centaines et des centaines, dans Paris, à baver devant ces vitrines. À baver, comme Moussa, devant les senteurs impénétrables de tous les plats qui sont à la fois si près de nos corps – derrière les vitres frêles – et si loin de nos estomacs. Tout semblait si simple quand le vendeur de gaufres a donné la gaufre à Moussa : tu donnes deux pièces de rien du tout puis tu reçois par magie de quoi mobiliser ton corps et réveiller tes papilles endormies depuis tout le temps que tu avales ce que t'as sous la main. La vitre fragile qui se place entre ta bouche et la nourriture à laquelle tu as *droit*, les quelques bouts de pierre qui te séparent de ces lits confortables, tout est si fin, tout est si maigre, et pourtant... Pourtant, on reste derrière, dociles.

Et l'oncle de Tamás n'y a pas survécu. Il est mort de froid et de démence – de froid *donc* de démence – en face des appartements chauds... et vides : c'est un meurtre.

Dans ces moments-là, je repense aux colères de Tamás, ces colères qui sauvent un peu les meubles de notre honneur collectif. J'y repense et je crie : « Vive Tamás et les Roms, vive les clochards méchants qui font suer les riches ! Et ferme ta gueule, Aznavour, avec ta bohème et tes bons repas chauds ! Il vous donnerait presque l'envie d'être à la rue, ce connard. » Ils me regardent tous et chuchotent... Quoi ? Vous avez jamais vu un clodo qui s'énerve ? Ce sont les habitués du quartier : ils me connaissent par cœur, alors ils n'ont pas peur... Nous les pauvres on est les animaux de leur zoo : « Lui c'est un clochard gentil ! qu'ils disent à leurs gosses en me regardant. C'est un petit jeune, il me fait beaucoup de peine. Comme quoi ça tient pas à grand-chose, la vie... Tiens, prends cette pièce et va la lui donner, je te regarde : tu verras qu'il sera content. Mais, surtout, ne lui adresse pas la parole quand tu es seul, mon chéri, on sait jamais de quoi ces gens-là sont capables. »

Et je te le confirme ! Tu vas voir, si je vous recroise, toi et ton môme... T'auras jamais vu un clochard pareil, un clochard aussi fou... puant, effrayant, hurlant, dégueulant sa misère sur vos sales faces de rats ! Je volerai ton téléphone, connard, et je traumatiserai ton gosse ! Et tu comprendras vite que la violence ne vient pas que des Roms.

Je ferai venir Élise et on te cassera ta gueule en collectif, avec Tamás, Élise et Moussa ! Moussa n'est pas un violent, c'est pas son genre… Élise et Tamás compenseront ! Ces deux-là sont si forts que je voudrais qu'ils se rencontrent pour que plus jamais personne ne nous parle comme à des chiens ! Mais elle n'est pas prête à voir du monde, Élise, et c'était ma promesse… Je la balancerai jamais !

C'est pas Tamás et Moussa que je vois, au loin, sur la rue Monge ? Je rêve pas, c'est Tamás et Moussa ! Ils se baladent avec leurs sacs en plastique. Je savais pas qu'ils s'étaient réconciliés, depuis la gaufre…

— Les gars, les gars ! que je crie. Venez voir !

Élise prend toutes ses affaires et se barre en courant. Quel con ! On est sur le spot d'Élise et j'ai appelé mes deux potes, sans réfléchir. Je lui avais promis ! J'avais promis qu'elle resterait discrète, que je la tiendrais loin des hommes qui lui ont fait tout ce mal. Mais je les connais, mes deux potes, ils toucheraient jamais à Élise ; ils sont turbulents mais ce sont des gars bien, des gars respectueux qui en ont vécu des belles, aussi, et qui ne blesseraient jamais l'un des leurs… Mais de quoi tu te mêles ? Élise t'a fait confiance en te faisant promettre une chose, une seule, et t'es même pas capable de te la boucler ? Ta loyauté s'arrête à l'instant où t'aperçois tes potes ? J'ai pas fait exprès ! Je les ai vus passer, ça fait longtemps que j'ai pas vu leurs têtes alors j'ai pas réfléchi ! C'est pas ma faute ! C'est pas ma faute ! Ils m'ont vu et débarquent à pas lents, ralentis par leurs sacs, alourdis par leurs os. Ils sont là, devant moi, devant le spot d'Élise qui s'est enfuie et qui, dans la précipitation, a laissé ses cartons sur le sol.

— Bah alors, mon pote, comment ça va ? Ça fait longtemps qu'on t'a pas croisé… T'as déménagé ? T'es plus sur ta rue Saint-Jacques ? me demande Tamás.

— Oui, les mecs… Je me suis installé ici à cause des étudiants… Dès sept heures à faire un boucan pas possible dans la rue… À sept heures je dors, moi ! Ici, pas un chat…

J'aime pas mentir. Ils se regardent, ils sentent que quelque chose ne tourne pas rond.

— T'es sûr que ça va ? T'es tout pâle…, me dit Moussa.

— C'est la rue, les gars… On est tous un peu pâles, que je tente en rigolant.

Ils rigolent pas.

— Si tu veux plus de ton coin rue Saint-Jacques, moi je te le prends sans hésiter ! dit Moussa. Spacieux avec une bouche d'aération, vue sur la Sorbonne, loin des vieux de ma rue de l'Estrapade : moi j'hésite pas une seconde !

Inutile de préciser que s'ils s'aperçoivent que mes affaires n'ont pas bougé de la rue Saint-Jacques, je suis foutu. J'aimerais tellement leur parler d'Élise, leur demander pardon pour ces quelques jours d'absence et tout leur expliquer ; je sais qu'ils comprendraient… Mais je te l'ai promis, Élise, alors je dirai rien.

— Euh… C'est que je compte y retourner bientôt, désolé Moussa… Mais ça vous dit qu'on fasse un tour dans le métro, cette semaine ? Je t'ai pas entendu chanter depuis un bail, Tamás !

Moussa sourit discrètement car les concerts de Tamás le feront toujours marrer, mais quelque chose a changé. Il y a trop de silences, trop de regards entre eux deux qui en disent long ; quelque chose s'est abîmé.

— Oui, on verra, répond Tamás. On y était hier et t'as raté un carton plein de Moussa qui s'est fait vingt euros. J'ai pas trop compris où tu dors, maintenant, et je crois que Moussa non plus. Alors viens nous voir quand t'as le temps...

Puis ils me tapent dans la main et s'en vont tous les deux. C'était court. Je vois leurs silhouettes remonter la rue Monge et filer vers la Montagne. Tamás a dit « quand t'as le temps » et on sait tous les trois qu'ici, on a toujours le temps... Quelque chose s'est abîmé.

Quelques minutes plus tard, une fois que Tamás et Moussa ont disparu dans la rue Monge, Élise réapparaît. Je vois sa démarche nerveuse, sur le trottoir d'en face. Elle transporte son parapluie, son gros sac et ses nombreux manteaux boursouflés, avance en regardant le sol, les sourcils froncés. Puis elle traverse la rue au feu rouge – les voitures s'arrêtent toujours devant les clochards énervés qui transportent des sacs. Elle avance vers moi, jette tout sur le carton puis me lance :

— Tu joues à quoi ? C'est quoi, le coup que tu viens de me faire ?

On n'en est plus au stade où elle sort un couteau, alors je peux parler sans suer. Je lui explique que j'ai vu mes potes, au loin, que j'ai crié sans réfléchir car ils me manquent, Tamás et Moussa. Je lui dis que ce sont des gens bien, que jamais ils ne lui feraient aucun mal. Elle me répond qu'elle s'en tape, qu'ils reviendront sans doute et qu'elle doit déménager. Elle se plaint d'avoir à changer de quartier toutes les semaines puisqu'on finit toujours par l'identifier, tellement les femmes sont rares, dans la rue, tellement c'est dangereux pour elles de dormir en public. Puis, dans un silence absolu, on commence à transporter ses affaires. Elle veut rejoindre l'autre bout du cinquième pour être loin d'ici, alors on se dirige vers Censier. Qu'il est long, ce chemin, qu'il est triste... Élise est déçue, stressée, fâchée, et toi tu te la boucles car c'est la honte ; honte à toi, qui voulais qu'on ne te cache plus les choses et qui bafoues les confidences... Voilà pourquoi Jonas et ta mère t'ont rien dit : t'es naïf, t'as la tête ailleurs, tu pensais que ton frère deviendrait pâtissier alors qu'il passait ses journées sur la Colline ! T'es qu'un gosse, et on peut rien te dire... J'ai pas fait exprès !

Je porte son gros sac ; elle porte les cartons, son parapluie et les quelques gadgets qui l'accompagnent toujours comme cet éventail qui sert à rien mais c'est comme ça, dans la rue : on a si peu d'objets qu'on en garde certains car ils rappellent la vie d'avant. Moi, j'ai gardé le fouet de Jonas qui battait les œufs, pour faire la pâte.

— Je suis désolé, Élise..., que je tente après de très longues minutes silencieuses. On n'a qu'à t'installer ici, place Moustaki : Tamás et Moussa ne viennent jamais dans ce coin.

Sans me répondre, Élise jette ses cartons sur le sol près de la banque : ce sera son nouveau spot ! C'est un peu loin de ma rue Saint-Jacques mais c'est encore dans le cinquième, au moins. Elle aurait pu s'installer je sais pas où mais elle a choisi Censier, ce qui veut sûrement dire que je peux rattraper les choses. Le problème est qu'elle reste silencieuse...

— Réponds-moi, Élise ! que je lui lance, désespéré. Je te demande pardon : j'aurais pas dû les appeler et je le referai plus, tu as ma parole !

— C'est qui, tes deux potes ? qu'elle me répond enfin, sans m'expliquer son silence qui durait depuis de longues minutes, comme si j'étais tellement coupable que cette seule question venant d'elle était à prendre ou à laisser ; je prends.

Je lui raconte l'histoire de Moussa, la Toscane et les tours Eiffel en plastique, son enfer de la rue de l'Estrapade avec les vieux cons qui l'ignorent. Je lui raconte l'épisode de la gaufre, de la femme plus clocharde que clocharde qui est venue le racketter. Elle a beaucoup ri de cette histoire même si je plaisantais pas, moi... C'est ce que j'aime, chez Élise : elle est imprévisible et brillante. Elle est forte et libre, en témoigne ce rire qui ne veut pas dire qu'elle est insensible aux malheurs de Moussa mais qu'en matière d'injustice, elle a déjà tout vu :

— Pourquoi tu rigoles, Élise ?

— Je sais pas... C'est drôle, une vieille mendiante à caddie qui rackette un jeune homme... J'aurais voulu voir ça ! Et puis on se tape dessus pour un bout de gaufre alors que cinq euros pour nous c'est comme dix mille euros pour n'importe quel passant que tu croises rue Mouffetard ! Alors imagine ce que ça représente, pour eux, les cinq euros d'une gaufre... Bref, parle-moi de Tamás.

Elle a pas tort, même si c'est pas très délicat de remuer le couteau dans ma plaie. Alors je lui raconte l'histoire de Tamás, la façon qu'il a de traiter les gosses de riches et à quel point ça me fait jubiler. Je lui raconte son rapport étrange à la police, ses « Lâche une pièce ! » et l'arnaque des gobelets transparents – elle connaissait l'embrouille –, sans oublier l'installation géante de sa famille sur la rue Cujas.

— Il a l'air drôle, ton Tamás ! qu'elle me lance.

J'en étais sûr ! Je savais qu'ils pourraient s'entendre ! Alors je continue. Je lui raconte sa réaction quand Moussa voulait s'acheter une gaufre, ses aventures avec l'accordéon puis je finis par lui décrire notre discussion de tout à l'heure qui est la plus étrange et la plus triste qu'on ait jamais eue. Élise regarde le sol et semble remuée par l'histoire.

— Alors c'est vraiment tes amis, ces deux-là..., qu'elle dit.
— Mes plus grands potes, que je lui réponds.
— Tu sais, je t'en veux pas pour tout à l'heure, qu'elle ajoute timidement. Ton Tamás a l'air d'un gars génial et je suis sûr qu'on aurait pu s'entendre, dans d'autres circonstances. C'est seulement que je suis pas prête, et je suis désolée pour ça...

« Désolée » ? Comment ça, « désolée » ? Et désolée de quoi, d'ailleurs ? J'éviterai Tamás et Moussa jusqu'au jour où tu te sentiras mieux ! Et si ce jour n'arrive pas je les éviterai toujours car la fautive, ce n'est pas toi. Ne dis pas « désolée », Élise, ou je vais fondre en larmes.

Avec Élise, on est assis sur la place Moustaki depuis quelques heures. Dans l'élan des confidences, j'ai raconté l'histoire de l'oncle de Tamás. T'aurais pas pu la boucler ? Tu crois pas qu'on peut se protéger, parfois ? Se protéger ? Moi je traite personne comme un gosse, et surtout pas Élise qui est la personne la plus courageuse que je connaisse ! Mais cette histoire, elle l'a pas supportée. Elle a hurlé « Mort dans la rue ! » au moins huit fois dans une crise de larmes que j'ai pas su contrôler. Et elle pleurait, et elle pleurait sans s'arrêter, sans reprendre son souffle. Alors je me suis mis à pleurer aussi, à chialer pour l'oncle de Tamás que ses cousins ont retrouvé inerte, une nuit, sur son matelas rue Cujas. Élise criait « Devant les appartements vides ! », et ça résonnait dans le creux de ses mains qui soutenaient sa tête. Je n'avais rien à dire, il n'y avait rien à dire, alors j'ai déposé ma main sur son dos. Et je serrais un bout de son manteau avec toute l'énergie de mes doigts pour trouver la force de ravaler mes larmes. Mais j'avais beau contenir l'orage, il revenait furieusement quelques secondes plus tard quand Élise hurlait « Vides, les appartements ! », Élise qui est si forte et qui ne pleure que par éclats, quand les souvenirs sont insupportables, quand les images sont trop dures.

Alors, devant l'infini de nos sanglots respectifs se mêlant l'un à l'autre jusqu'à ne former qu'un seul pleur, on a décidé de réunir toutes nos économies pour nous acheter six bières car c'est réconfortant, la bière. Mais c'est quoi, ce choix de merde ? Tu te noies pour effacer ta peine, et plus rien ne te distingue de Jonas. Elle t'a laissé faire ça, Élise ? Vous vous êtes enfilé les six bières à deux ? T'es devenu l'ivrogne des trottoirs, le gros tas de chair qu'on évite en parcourant la chaussée. Maintenant la rue c'est ta maison, et t'es pas près d'en sortir.

Les passants viennent sans arrêt retirer leur argent devant la banque où nous sommes assis, avec Élise, et ça commence à nous fatiguer. Vous voyez pas que c'est occupé ? Moi je l'ai toujours dit : la meilleure technique c'est de s'installer sur les marches d'un magasin désaffecté car personne viendra jamais nous faire chier. Mais dans le quartier c'est très rare, les magasins désaffectés : il y a l'ancien H&M du boulevard Saint-Germain et quelques commerces en faillite vers Saint-Michel mais c'est tout. Le reste est vivant, très vivant même, et il y aura toujours un vigile ou deux pour nous virer de bon matin à base de coups de pied au cul, ou bien des clients effrayés qui nous regardent puis font demi-tour et ça me donne envie de mourir. Alors on s'assoit près des banques car souvent il n'y a que des distributeurs et très peu d'employés, donc ça circule presque pas. Et c'est assez pratique pour te mettre en face de ton ignominie, toi qui tapotes sur l'écran à quelques centimètres de mes yeux… Quand t'as fini ton affaire, mes grands yeux te regardent et te disent : « On voit bien que tu viens de retirer, bordel ! Alors donne ! Paye ! Lâche une pièce, comme dirait l'autre ! Tu n'as que des billets ? Je te promets qu'un billet, ça m'ira ! »

Oh… Monsieur a peur qu'on aille s'acheter de la bière… C'est le vieux refrain : « Ils finissent toujours par acheter de l'alcool et des drogues ! Alors moi, je donne rien. » Monsieur se soucie de ma santé : voilà qui est nouveau ! Comme c'est humain, comme c'est tendre et généreux… Mais le vrai problème de ma santé c'est que je crève la dalle ! Et ça, j'ai comme l'impression que monsieur s'en branle. Retire ta monnaie, petit passant, retire… En attendant je vais regarder ce qu'il y a dans la poubelle. Si je trouve quelque chose à me mettre sous la dent c'est ton jour de chance mais sinon… sinon protège bien tes billets car mon amie a dans son sac un petit couteau bien aiguisé…

La poubelle est bien remplie, trop remplie. Je dégage les bouts de serviette en surface et autres petits papiers parasites. Ça pue ! Ça pue la banane pourrie ! C'est quand même dégueulasse… Et mes doigts, ils sont pas déjà dégueulasses, mes doigts ? Bon… J'y vais… Je me retrousse la manche et j'enfonce mon bras dans la poubelle. Des liquides visqueux viennent se loger entre mes poils et une odeur de pisse teintée de poisson pourri fait remonter ce qu'il y a dans mon estomac, c'est-à-dire pas grand-chose et heureusement. Je la vois, la pisse, elle est sous la poubelle, elle coule, goutte après goutte… Qui est le gros con qui a pissé dans la poubelle ? C'est peut-être moi. Bon… Au moins je vois d'où vient l'odeur, contrairement au poisson pourri que j'ai toujours pas repéré. Y a rien dans cette poubelle… Que des boîtes cartonnées salies par la sauce, par les sauces rougeâtres avec des petits morceaux de viande qui macèrent et que je lèche quand même car on va pas jouer la fine bouche. Et si j'ouvrais les boîtes ? Oh ! Trois frites ! Une… Deux… Trois… J'ai fini les frites ! Elles étaient froides et grasses. J'ai encore faim. Tu sais ce que ça veut dire, petit passant ? Bien sûr que tu le sais...

— Élise, tu me prêtes ton couteau deux minutes ?

Avec un grand sourire, Élise me file le couteau. Elle m'a jamais regardé comme ça. Elle m'aime, Élise, c'est certain qu'elle m'aime. Elle m'a fait lire ses poèmes et je les ai compris.

Assez de lire, Élise, assez de reporter la révolte en se moquant des bourges. Moi la révolte je la fais, je la fais maintenant et contre le premier riche qui se pointe car c'est pas fait pour être juste, une révolte ; ça arrive quand ça arrive, ça arrive comme un torrent furieux que tu peux plus retenir, ça arrive quand tu peux plus te les voir, les piécettes dans ton pot ; la révolte ça se prévoit pas, ça se calcule pas, c'est *donné*.

Eh ! Toi, là-bas ! Oui, toi, devant le distributeur, qui attends tes billets et qui sifflotes sans même poser ton regard sur les deux clodos qui font partie du décor, tu t'es pas méfié des regards indiscrets... Coucou ! Je te présente... ma gueule de pauvre ! Pourquoi tu fais cette tête ? T'as jamais vu un clochard d'aussi près ? T'as jamais vu des dents pourries, une peau crasseuse et des lèvres violettes ? T'as jamais vu la révolte avec des cernes et un bras sale ? Ne t'en fais pas, petit peureux, je n'exige que mon dû. Et tout va bien se terminer... à condition que tu transfères ces quelques billets de tes jolies mains... vers la mienne ! Je dis *la* mienne car, dans l'autre, il y a mon argument. Regarde-le discrètement et surtout ne tremble pas, ne bouge pas, ne crie pas...

Oh ! Merci ! Il en a pas fallu beaucoup, dis-moi... Même pas besoin d'agiter l'arme sous ton nez en chuchotant des menaces. C'est fou comme vous avez l'air plus coriaces, vus du trottoir. Vous semblez tellement forts à circuler si vite sans même baisser la tête. On vous croirait intouchables, sous cet angle… Mais apparemment il suffit de se lever deux secondes, de vous secouer un peu avec nos gueules affreuses et puis le tour est joué ! Y a rien de compliqué finalement… Il a pas tort, Tamás, avec sa stratégie du bordel permanent. Les petits coups de pression, ça fait bouger les lignes : il y a quelques secondes j'avais la main dans les ordures et maintenant j'ai trois billets dans la main. Alors imaginez un coup de pression géant avec tous les clodos du quartier… Le jackpot ! La fierté retrouvée ! Imaginez des mendiants pas contents plein les rues avec Élise et Tamás en tête de cortège, des mendiants qui ne mendient plus mais qui réclament, qui exigent ! Le bras tendu avec au bout la main creuse, c'est plus pour quémander, c'est pour que t'aboules le fric sinon t'es mort ! Mais bon… Pas de révolution au programme donc je vais m'acheter à bouffer. Viens, Élise, on va rigoler…

J'ai une mini-liasse dans la main droite et c'est Tamás qui serait fier. J'ose même pas imaginer la gueule de la caissière quand je vais me ramener avec un caddie rempli et mes trois billets rouges. Pour une fois que c'est pas les pièces, qui sont rouges… Pour fêter ça, je vais nous mijoter un bon petit plat comme Jonas me l'a appris, avec des légumes et tout et tout. Avec des jolies carottes encore pleines de terre car elles sortent à peine du potager, des tomates brillantes à en crever les yeux, et de beaux poivrons tout lisses, des rouges, des verts, des jaunes ! Rien que d'y penser j'ai la langue en feu. Il est où déjà ce putain de Carrefour ?

La grande baie vitrée se sépare en deux pour accueillir son nouvel acheteur : moi. Eh oui… moi ! Les mauvaises langues appelleront ça « porte automatique », moi je remercie la baie vitrée pour cet accueil royal et mérité… Écartez-vous et laissez passer la clientèle aux mains crasseuses ! Ils vous dégoûtent, mes doigts collants qui attrapent les aliments, les tâtent un peu puis les reposent ? Il va pourtant falloir vous y faire car je suis dans mon droit : j'ai les petits papiers rouges et vous n'avez plus rien à dire. Prenez garde, gentils clients, prenez garde : j'ai touché quelques bouteilles et des petits paquets un peu partout dans les rayons… Les céréales, les biscuits, les fromages, les yaourts : tout est contaminé, tout est infecté ! Et surtout, méfiez-vous des légumes car pour choisir, il faut palper ! J'ai mon petit caddie sous le bras, c'est naturel, c'est fluide : je fais mes courses. J'ai même pris de la sauce vinaigrette pour ma salade aux légumes. Moussa sera content car il aime les repas bien baveux. Et il y aura de la bonne baguette pour saucer la vinaigrette, et avec Tamás on rira de Moussa qui mange vraiment comme un porc. On sera tous les trois, autour de la table en train de postillonner mais c'est pas grave puisque le saladier est rempli à ras bord. J'irai chercher Jonas sur sa colline, il goûtera ma salade et fera même le dessert ! Lui qui est si fort en gâteaux nous fabriquera des gaufres au chocolat par dizaines et Moussa s'enfilera les gaufres en toute sérénité… Et la femme-au-caddie ? La femme-au-caddie viendra aussi ! Et elle aura sa propre gaufre car je viens de dire qu'il y en aura des dizaines ! Et ta mère ? Ma mère sera là, sur un canapé, en train de sourire devant Jonas qui bat les œufs comme à l'époque, qui vient me mettre un peu de pâte sur le bout du nez et ça nous fait tous rire comme pas possible. Tu comprendras mes rêves, Philippe, quand tu verras Jonas en cuisine manier les produits comme un chef ! Tu comprendras mes rêves, Philippe, quand tu verras la femme-au-caddie fermer les yeux de bonheur en dégustant les gaufres, quand tu verras Tamás arrêter ses foutus calculs pour s'empiffrer sans penser au lendemain car il y a assez de nourriture pour des jours et des jours ! Et Élise ?…

— Il vous faudra un sac ? m'interrompt la caissière.

Elle est marrante, cette question… Comment je suis censé ramener tous ces légumes à mon appartement ? Bien sûr qu'il me faudra un sac, et même deux !

Élise m'attend devant le magasin. Je sors et je lui file un sac. Et voilà qu'on sifflote dans la rue, avec nos deux sacs en plastique. On est les deux clodos qui s'aiment, chacun a dans sa main la main de l'autre, et dans l'autre un sac de bouffe. Elle est pas belle, cette image ? Un seul sac aurait suffi mais deux sacs ça impressionne, ça fait frigo à remplir et y a rien de plus agréable que de promener sa normalité, même quand on a un pantalon troué, des poils en désordre et qu'on marche plus très droit.

— Ben alors, mon pote, on s'organise un festin ?

Qui me parle ? Je me retourne et je vois ces trois ados du quartier qui sont plutôt sympas : avec deux d'entre eux, j'ai déjà joué au ballon deux ou trois fois dans l'année, sur la place de l'Estrapade. On fait des passes, quelques dribbles, et ça défoule un peu. On fait même parfois des matchs, quand ils sont plus nombreux : ils mettent leurs sacs à dos sur le sol et ça fait les cages. Vous imaginez pas le bordel que ça met sur cette place d'habitude si calme et si bourgeoise, ce genre de parties. Une dizaine de jeunes qui tapent dans le ballon c'est presque pire que des clochards avinés, ça les met tous en rogne et je trouve ça délicieux. Que c'est bon de briser la tranquillité publique avec un ballon rond… Le foot avec les jeunes, contrairement à la manche avec les vieux, c'est le seul espace où c'est donnant-donnant : je sens vraiment que ça les fait marrer, de jouer avec moi, ça leur fait plaisir et parfois je deviens même la star du groupe quand il leur manque un joueur pour faire deux équipes et que je débarque en sauveur. Pas une seule fois ces jeunes ne m'ont demandé d'où je viens, ce que je fais, qui je suis ; la chaleur du ballon c'est quelque chose d'inexplicable… Tu peux venir de n'importe où, t'as quand même ta place sur le terrain. Ces parties me reconnectent au monde et c'est tellement bon que je leur gratte même pas de pièce à la fin. La dernière chose que je veux c'est qu'ils croient que je fais des courbettes pour la pièce ; c'est mes potes, ces gosses, je suis sûr que c'est mes potes ! Alors pas question de les utiliser pour survivre ; je veux que la rue pour eux ce soit les parties de foot et pas la maison d'un clochard qui vient gratter des pièces. *Ils* me traitent comme n'importe qui, *je* leur fais pas la manche : le voilà, notre petit pacte.

— T'as pas une gueule à manger des légumes, mon vieux… C'est quoi la prochaine étape ? Faire pousser des patates dans ton petit potager ? me taquine l'un des deux footeux que je connais bien.

Le troisième je le connais pas, il est derrière avec les yeux rieurs. Il me fixe et on dirait qu'il a jamais vu un clodo pour me regarder comme ça. C'est stressant… Stressant ? De quoi t'as peur, imbécile, je croyais que tu te laissais plus faire !

— Alors en fait j'ai acheté des légumes parce qu'avec mon amie Élise on a prévu de se faire une salade…

Le sourire aux lèvres et fronçant légèrement les sourcils pour signaler son incompréhension, le troisième ado s'avance, se tourne vers ses potes et leur dit :

— Les gars, vous voyez pas que c'est un clodo, ce gars-là ? Au lieu de taper la discute, filez-lui une pièce et on se barre d'ici.

— Je suis pas un clodo, les jeunes. Regardez : j'ai acheté des légumes qui sont les miens, et avec mon amie Élise on était en train de rentrer dans notre maison.

— Ah ouais, tiens ! Et elle est où, votre maison ?

— Là... là-bas quelques mètres plus loin... On a acheté des légumes et ils sont dans ces deux sacs en plastique, regardez...

J'ai même pas fini d'expliquer qu'il a ri à voix haute.

— Oui, c'est ça, des légumes... On n'a rien à vous donner, monsieur. On n'a pas de monnaie, désolé.

— Mais j'ai pas besoin de vos sous, j'ai ma salade et...

Il a fait signe à ses potes et ils se sont barrés tous les trois. Avec Élise on est là, en pleine rue, avec nos sacs en plastique : pourquoi personne nous croit ?

Ils t'ont foutu la honte, imbécile, la honte devant Élise ! T'as plus rien, maintenant... Et regarde Élise, elle a les yeux humides et tournés vers ailleurs : voilà ce que t'as fait. Elle fixe les trois gosses qui s'éloignent, au loin.

Puis quelques secondes plus tard, dans un moment d'impulsion que j'ai pas vu venir, Élise me tend son sac en plastique, tape un sprint vers les jeunes, saisit le plus cruel des trois par le col et lui hurle : « Le monsieur t'a dit que dans ces sacs il y a des légumes et que dans quelques minutes on sera dans notre appartement, alors pourquoi tu le crois pas ? » Puis elle se met à le cogner sans s'arrêter, coup de poing sur coup de poing, au visage et dans le ventre. Il est tombé sur le sol alors elle enchaîne les coups de pied sur ses côtes et dans son dos. Le gosse ne bouge plus et se tient en boule, par terre. Il y a des cris de partout, les gens hurlent par la fenêtre et j'entends le bruit des sirènes de police. Moi je reste figé de l'autre côté de la place, face à la libération fougueuse d'une colère contenue pendant de très longs mois et dont ce gosse fait les frais, malheureusement pour lui qui n'a pas été beaucoup plus méprisant qu'un passant ordinaire. Comment ça, « malheureusement » ? Tu viens de menacer un mec au hasard avec un couteau et tu te la ramènes avec tes quelques égards ? C'est quand tu veux, les scrupules...

Après avoir mis son dernier coup de pied dans le corps effondré, Élise revient vers moi puis me tend la main pour reprendre le sac.

— On peut y aller, qu'elle a seulement prononcé, avec la voix essoufflée. On devrait pas rester là.

J'ai du mal à croire qu'elle vient de défoncer un gosse et qu'on se fait courser par un petit groupe de bonshommes qui veulent en découdre avec nous les dangereux nous les voyous. Il y a quelques heures on lisait les poèmes d'Élise et voilà qu'on est devenus des durs, des *violents*. Mais t'aurais voulu faire quoi ? La retenir en lui soufflant : « On n'est pas des violents, mon Élise, on dort sur le sol depuis des années mais on sera jamais des violents » ? Et puis merde, il ira à l'hôpital, ce gosse, il se fera soigner, retrouvera sa chambre et se permettra plus jamais d'insulter les pauvres. Alors oui : pour tous les clodos du monde, Élise a cogné.

Tu trouves pas que tu vas un peu loin ? Un peu loin ? Un peu loin ?! Et c'est pas « un peu loin » le fait que j'aie rien à bouffer depuis des mois, qu'Élise change de quartier chaque semaine pour éviter les loups, que Tamás ait vu son oncle crever en bas des logements vides ? Chacun ses « un peu loin », et le mien c'est que dorénavant je m'en cogne de savoir qui est le responsable car les responsables sont tous ceux qui, une seule fois dans leur vie, sont passés devant un clochard, ont donné une pièce ou non, puis ont continué leur route sans repenser, des heures durant, à l'homme qu'ils ont laissé sur le sol. Tu en veux aussi à ceux qui donnent une pièce ? C'est fini, tu as perdu la boule, mon vieux... Je martèle que ceux qui donnent une pièce sont aussi les responsables, entretenant la supercherie millénaire de la manche, machine infatigable nourrie de piécettes et de bons sentiments, asphyxiant nos révoltes. Gigantesque supercherie, la manche, cérémonie de malheur où je demande une pièce et où tu me la donnes en souriant, imbécile ! Bienveillance imbécile, quoique rare et sensible, bienveillance qui creuse nos cercueils à petites pelles et qui, dans le tourbillon millénaire de l'aumône, a choisi l'éphémère apaisement. Je le sais, moi, que l'aumône est un tunnel infini, un cycle infernal où la manche d'aujourd'hui cultive celle de demain. Je sais que les pièces achètent notre calme, qu'il n'y a pas de plus grande gamelle à chien docile qu'un petit pot rempli de pièces. Mais il se trouve que je crève la dalle. J'ai faim, j'ai froid, je suis seul ; trio de malheur qui, depuis l'éternité, emporte violemment les sans-abri du monde dans le piège de ce cérémonial, le jeu de la petite monnaie glissant chaque jour de mains propres en mains sales, et lie fatalement le destin de mon cul à celui du trottoir. La manche m'attache au sol, m'installe et me ligote.

Alors merci à la fureur d'Élise qui, dans la puissance de son arbitraire, a tenté de briser cette boucle infernale, imposant sa force afin que plus jamais un seul de ces passants n'utilise le creux de ma main pour se refaire une conscience. Maintenant c'est fait, le mot est passé dans le quartier : des Gobelins au Panthéon, en passant par la rue des Écoles, plus aucun piéton n'ignore que le jeune clochard et sa copine au crâne rasé, ils mordent.

C'est pas facile de courir avec deux sacs à légumes et ils se rapprochent à grande vitesse, les chasseurs d'Élise. « Arrêtez-vous ! » qu'ils crient. C'est rigolo comme ordre, « Arrêtez-vous ! ». Les flics disent la même chose dans *Enquête d'action* pendant la traque aux trafiquants. Mais est-ce qu'il y a un seul gars dans l'histoire des courses-poursuites qui s'est arrêté en entendant « Arrêtez-vous ! » ? Pourquoi tu rêvasses ? Tu vois pas que tu vas te faire attraper ? Lâche les légumes, ils te ralentissent ! Je préfère me faire lyncher sur la place publique plutôt que lâcher mes légumes.

— Regarde à droite, rue de l'Épée-de-Bois : y a un portail qui s'ouvre, me lance Élise en pleine course. Dépêche !

— Bloque la porte avant qu'elle se ferme !

Au bout de la rue, il y a cette porte qui progressivement se referme pendant qu'Élise galope comme elle a jamais galopé. Au tout dernier instant, elle coince son pied dans le portail avant qu'il se ferme et c'était moins une. On entre vite et on claque la porte au nez de nos chasseurs qui ont perdu la course.

— Bah alors, les nazes, on voulait ma peau ? leur lance Élise de derrière le portail, triomphante.

Excellente, la réplique ! T'es trop forte, Élise.

Et merde... On est seuls dans le hall avec une vieille dame. Je lance mon « Bonsoir, madame » le plus naturel en mettant en évidence mes carottes car ça rassure, les carottes. On n'est pas du tout le soir mais « bonsoir » c'est bien plus chic que « bonjour » et là je dois me camoufler. Je sais pas si je suis bon comédien ou si ça l'a complètement figée de voir deux clochards essoufflés dans son hall mais la dame a tracé sa route vers l'ascenseur sans rien dire et ça nous a bien sauvés. Les immeubles haussmanniens c'est comme ça, on peut avoir la pire dégaine de clochard c'est pas le plus important, du moment qu'on a les codes et qu'on est silencieux. Si on a pu pénétrer le sanctuaire c'est qu'il y a une raison, et manquer de respect à quelqu'un dans ce sanctuaire c'est la pire des vulgarités. On a quand même pris l'escalier parce que l'ascenseur en tête à tête avec la dame c'était risqué.

— Élise, on fait quoi, maintenant ?

— Maintenant, on rentre chez nous, répond-elle avec un grand sourire, et tu pourras inviter tes potes à dîner car je laisserai jamais Tamás terminer comme son oncle !

Puis elle me prend par la main, me fait monter plus vite dans ces escaliers rouges qui mènent au paradis. Pourtant rien ne presse, puisqu'on a semé la foule enragée. Comme c'est grossier de cavaler dans l'escalier, comme ça fait tache... Un bourgeois raffiné dans son immeuble haussmannien déjà ça prend l'ascenseur ensuite si l'ascenseur est occupé ça prend le temps de transporter sa lourde chair et ses sacs à légumes. Avec Élise, on monte, on n'en finit plus de monter. Je vois les marches qui défilent et on les grimpe en fixant le beau tapis rouge qui recouvre délicatement l'escalier. Sur le tapis, des motifs dorés se déploient tout le long. C'est impressionnant au début, mais si tu regardes bien tu te rends compte qu'ils se sont pas foulés sur les dessins : ce sont les mêmes motifs partout ! Décevants, les escaliers du paradis… Alors je regarde par la fenêtre de la cage d'escalier et j'y vois les fenêtres de chaque appartement, qui donnent sur la cour. J'y vois leurs volets, dont la plupart sont fermés… Qui sont les éternels vacanciers qui abandonnent lâchement leurs merveilles lorsque l'hiver se pointe ? Pauvres petits habitats, trahis, délaissés, désertés… Ces monstres vous ont laissés seuls face à vous-mêmes, face à votre confort démesuré, et plus personne ne s'occupe de vous, plus personne ne vous occupe. Ils sont partis voir ailleurs en laissant leurs parfums sur les draps… je sais que vous souffrez. À vue d'œil, deux appartements sont vides : celui du deuxième étage et celui du quatrième, quatrième gauche. On arrive, quatrième gauche, on est à toi. Tu nous appelles, avec tes jolis volets fermés, tu nous désires et c'est réciproque : on débarque ! Je m'en vais rendre à tes meubles leur éclat, illuminer ton intérieur, et envahir les murs de mon odeur. Et tu vas renaître avec un sauvage en ton sein, tu vas goûter la vie qui pue, qui gronde, qui boit, la vie qui vit !

Mais il faut briser la distance qui nous sépare, cette grande porte rouge. J'ai pas peur de toi, porte rouge, dans la rue j'en ai vu, des cruels, et maintenant les cruels je les fume, je les explose à mains nues. Laisse-moi rentrer chez moi ! Ici c'est chez moi pour la seule et bonne raison que j'en ai ras le cul de dormir dehors et que j'accepterai plus jamais ça. Et j'ai une salade de légumes à cuisiner donc t'as intérêt à prendre exemple sur la baie vitrée du Carrefour si tu veux pas finir en morceaux. Avec Élise on tape, on tape comme des fous furieux sur cette grande porte qui va jamais tenir. Et on continuera de la rouer de coups pendant des heures, s'il faut…

Il y a quelque chose qui sonne... C'est la musique de notre triomphe ! Et quel accueil ! La grande porte rouge a cédé sous les coups de nos talons, et nous voilà *chez nous*. Ils auraient pu trouver mieux comme mélodie d'entrée car celle-ci est un peu répétitive... Ma foi... C'est tellement beau d'être enfin chez soi que je danse quand même sur cet air strident qui est un bruit d'alarme. Avec Élise on danse en riant comme des dingues. Elle est belle, cette maison ! À droite, il y a deux grands fauteuils aux formes généreuses, et un joli canapé en cuir sur lequel je me jette en attirant Élise dans ma chute, et on se roule sur le canapé au point de tomber sur le sol, et on explose de rire parce que le sol c'est même pas du sol : c'est un tapis plus moelleux que les matelas de Tamás, sur la rue Cujas !

— Tu penses qu'il y a de bonnes choses à bouffer ? me demande Élise.

— Y a qu'une seule façon de vérifier.

Je me lève et me retrouve devant le frigidaire immense ; il est d'un gris qui intimide et j'ose même pas l'ouvrir.

— Allez, ouvre !

J'ouvre la porte. La dernière fois que j'ai entendu le bruit du frigo c'était chez mon ami Léo ; et c'était même pas moi qui l'ouvrais car j'avais pas le cran. Ici, je suis chez moi, alors c'est moi qui l'ouvre ! Un air frais se jette sur mon visage, l'air frais du choix entre les mets infinis des six étages du frigidaire qui sont des tiroirs inconnus, merveilleux. Une odeur de fraises fraîches récupérées au marché de la rue Mouffetard se mêle à celle des restes d'un bon poulet rôti qui sommeille au fond d'un plat transparent : il reste les deux cuisses. Alors je les tire avec mes mains noires et j'en croque une à pleines dents. Il y a du gras sur mes lèvres alors je les lèche, mes lèvres, afin que le gras rejoigne l'intérieur de ma bouche car sa place est ici, sur ma langue, sur mes muqueuses assoiffées de graisse.

— Ça va, je te dérange pas ? me lance Élise.

— Oh, pardon Élise, voilà ta cuisse de poulet. Voilà aussi des fraises et, pour faire passer le tout, un bon Coca tout frais. Je te mets aussi quelques pots de yaourt. Il y a tout plein de goûts : fraise, pêche, ananas, framboise. Je les mets tous ici, comme ça on manque de rien.

— J'ai faim, j'ai beaucoup trop faim. Ramène tout ce que tu peux. Et prends de la vaisselle car je veux voir la gueule qu'elle a. Et la salade ? On fait plus la salade ?

La salade ! Il faut que je fasse la salade car nos invités vont débarquer d'une minute à l'autre. Elle est où, la vaisselle ? Dans ce tiroir, y a une vingtaine de serviettes. J'ai jamais vu autant de serviettes propres qui se superposent. Y en a de toutes les couleurs et c'est un beau spectacle. Qu'est-ce qu'elles foutent dans la cuisine, les serviettes ? Tu cherchais la vaisselle, alors c'est pas la question. Je veux ouvrir tous les tiroirs, découvrir les mille objets de la maison des riches ! Je suis sûr que j'en ai jamais vu la moitié. Là, voilà les assiettes ! J'ai jamais vu une vaisselle aussi propre. Elle brille tellement que je peux y voir ma sale gueule et c'est comique une gueule aussi sale sur une vaisselle aussi propre. C'est ma vaisselle à moi, les assiettes sont en porcelaine et les verres en cristal. Quand je fais glisser mon doigt sur les rebords ça fait le bruit du luxe et je pourrais jouer à ça pendant des heures... Là je dois mettre la table pour cinq comme il y aura Moussa, Tamás et peut-être Philippe s'il nous soûle pas trop. Et il y aura des sofas et des lits pour tout le monde, et on regardera des émissions débiles à la télé en mangeant ma salade dans des bols énormes et Philippe se plaindra que les émissions sont trop connes donc on changera de chaîne parce qu'il y en a des milliards, des chaînes. Et les volets resteront fermés pour toujours car putain je veux plus jamais revoir un bout de trottoir ! On sera chez nous, rien que chez nous pour toujours.

— Viens, Élise, on n'a pas visité les chambres ! Tu finiras ton poulet plus tard.

Élise se relève en criant « Les chambres ! » puis se met à courir vers moi. Alors on détale en chaussettes le long du couloir au tapis bleu qui est plus large que mon ancien trottoir de la rue Saint-Jacques. On ouvre la porte la plus lointaine qui donne sur une chambre immense aux murs qui sont d'un blanc parfait, blancs comme les draps soyeux de cet immense lit double triomphant sur la pièce. On se regarde, avec Élise, et on saute ensemble sur le lit blanc. Et on s'embrasse comme des fous ; sa bouche a un goût de poulet rôti. C'est bon, c'est bon comme ce mélange entre l'odeur de la bière à deux balles et celle des draps blancs qui m'emmènent loin, très loin dans les senteurs du linge rangé dans ma commode, à Ivry. Il sentait la dignité, ce linge, il sentait le lotus blanc qui est notre trésor. On salit, Élise, on salit tout de notre amour immonde, la fusion de nos crasses. Et les draps se noircissent à mesure que l'on s'aime, et la chaleur de ton souffle emporte la poussière sur ma nuque épuisée, et le son de l'alarme hurle de plus en plus fort, comme un fou torturé par les voix qui le rongent, comme un corps harcelé s'envolant jusqu'au ciel.

Toute ma gratitude va à mon amie Karine. Je n'oublierai jamais ce que ce livre lui doit.

*Composition : Entrelignes (64)*
*Achevé d'imprimer*
*par CPI Firmin-Didot*
*à Mesnil-sur-l'Estrée, en janvier 2024*
*Dépôt légal : janvier 2024*
*Numéro d'imprimeur : 178193*

ISBN : 978-2-07-303550-9/Imprimé en France

**612917**